illustriert von Rolf Rettich

C.S. Lewis

DAS WUNDER VON NARNIA

Deutsch von
Ulla Neckenauer

Annette Betz Verlag

CIP-Kurztitelaufnahme der Deutschen Bibliothek

Lewis, Clive S.:
Das Wunder von Narnia: e. phantast. Abenteuer /
C. S. Lewis. [Aus d. Engl. von Ulla Neckenauer].
– Wien; München; Heidelberg: Betz, 1983.
Einheitssacht.: The magician's nephew ‹dt.›
ISBN 3-219-10260-3

B 298/1

Umschlag und Illustrationen von Rolf Rettich
Aus dem Englischen von Ulla Neckenauer
Originaltitel »The Magician's Nephew«, erschienen im Verlag
The Bodley Head Ltd., London

Papier und Gesamtherstellung: Salzer - Ueberreuter, Wien
Printed in Austria

Die falsche Tür

Diese Geschichte handelt von Ereignissen, die sich vor langer, langer Zeit zutrugen. Es ist eine äußerst wichtige Geschichte, weil sie erklärt, wie das ganze Hin und Her zwischen unserer eigenen Welt und dem Land Narnia überhaupt anfing.

In jenen Tagen wohnte Sherlock Holmes noch in der Baker Street in London, als Junge mußte man jeden Tag einen steifen Kragen tragen, und die Schulen waren im allgemeinen noch gräßlicher als heutzutage. Aber das Essen war besser, und ich erzähle euch lieber erst gar nicht, wie billig und wie gut damals die Süßigkeiten waren, denn sonst läuft euch nur das Wasser im Mund zusammen. Und in jenen Tagen lebte in London ein Mädchen namens Polly Plummer.

Sie wohnte in einer langen Häuserzeile. Eines Morgens stand sie gerade hinten im Garten, als aus dem Nachbarsgarten ein Junge an der Mauer hochgeklettert kam und den Kopf darüber hinwegstreckte. Polly war sehr überrascht, denn im Nachbarhaus hatten bisher keine Kinder gewohnt. Dort lebten nur Mr. Ketterley, ein alter Junggeselle, und seine ebenfalls unverheiratete Schwester, Miß Ketterley. Polly sah den Jungen neugierig an.

Ein ausgesprochen schmutziges Gesicht hatte er, und er sah geradeso aus, als hätte er eben in der Erde gewühlt, ausgiebig geweint und sich dann mit den Händen das Gesicht abgewischt. Und so hatte es sich auch fast zugetragen.

»Hallo«, sagte Polly.

»Hallo«, sagte der Junge. »Wie heißt du?«

»Polly«, erwiderte Polly. »Und du?«

»Digory«, antwortete der Junge.

»Ach herrje! Das ist aber ein komischer Name!« rief Polly.

»Also ich finde ihn längst nicht so komisch wie Polly«, sagte Digory.

»Doch!«

»Nein, das stimmt nicht«, sagte Digory.

»Also wenigstens wasche *ich* mir das Gesicht«, sagte Polly. »Und das hättest du auch nötig, vor allem, wenn ...« Doch mitten im Satz brach sie ab. Sie hatte sagen wollen »... wenn du geheult hast«, aber dann fand sie, das wäre unhöflich.

»Na gut, dann hab ich eben geheult«, erklärte Digory mit lauter Stimme. Offensichtlich war er so unglücklich, daß es ihm völlig egal war, ob irgendeiner erfuhr, daß er geweint hatte. »Du würdest auch heulen«, fuhr er fort, »wenn du dein ganzes Leben auf dem Land verbracht hättest, mit deinem eigenen Pony und einem Bach unten im Garten, und dann müßtest du hierherziehen in so ein gräßliches Loch.«
»London ist kein gräßliches Loch!« protestierte Polly empört. Aber der Junge war so aufgebracht, daß er sie gar nicht beachtete. Er fuhr fort: »Und wenn dein Vater in Indien wäre – und du müßtest bei einer Tante wohnen und bei einem Onkel, der nicht ganz richtig ist im Kopf – und nur deshalb, weil sie deine Mutter pflegen müssen – und wenn deine Mutter krank wäre und – und – sterben müßte.« Und dann verzog er ganz komisch das Gesicht, so wie es immer dann passiert, wenn man versucht, die Tränen zu unterdrücken.
»Das wußte ich nicht. Tut mir leid«, sagte Polly zerknirscht. Weil sie nicht recht wußte, was sie sagen sollte, und weil sie Digory auf ein erfreulicheres Thema bringen wollte, fragte sie: »Ist Mr. Ketterley wirklich nicht ganz richtig im Kopf?«
»Also entweder ist er übergeschnappt, oder es ist irgendwas Geheimnisvolles im Gang«, erklärte Digory. »Im obersten Stock ist sein Arbeitszimmer, und Tante Letty hat mir strengstens verboten, es jemals zu betreten. Das kommt mir schon ausgesprochen komisch vor. Und dann ist da noch was. Jedesmal, wenn er beim Essen etwas zu mir sagen will – mit ihr redet er überhaupt nicht –, bringt sie ihn zum Schweigen. Sie sagt: ›Du darfst dem Jungen keine Angst einjagen, Andrew‹, oder ›Ich bin sicher, *das* interessiert Digory nicht‹, oder ›Hast du nicht Lust, hinauszugehen in den Garten und zu spielen, Digory?‹«
»Was will er dir denn erzählen?«
»Keine Ahnung. So weit schafft er es nie. Aber das ist noch nicht alles. Gestern abend bin ich auf dem Weg zu meinem Zimmer an der Treppe vorbeigegangen, die zu seinem Arbeitszimmer auf dem Dachboden führt. Ich gehe da sowieso nicht gern vorbei. Ja – und gestern abend habe ich dort einen Schrei gehört – da bin ich ganz sicher.«
»Vielleicht hat er seine übergeschnappte Frau dort oben eingesperrt?«
»Ja, der Gedanke kam mir auch.«
»Oder vielleicht ist er ein Falschmünzer?«

»Vielleicht war er auch ein Pirat, wie der Mann am Anfang der *Schatzinsel*, und er versteckt sich immer noch vor seinen früheren Schiffskameraden.«

»Wie spannend!« rief Polly. »Ich wußte gar nicht, daß es in eurem Haus so interessant ist!«

»Du findest das ja vielleicht interessant, aber wenn du dort schlafen müßtest, dann wäre es dir bestimmt gar nicht so recht. Was hältst du davon: du liegst wach im Bett und hörst zu, wie Onkel Andrew über den Flur geschlichen kommt, auf dein Zimmer zu? Dabei hat er so gräßliche Augen!«

So lernten Polly und Digory einander kennen; und weil die Sommerferien gerade begannen, und weil keiner von beiden dieses Jahr ans Meer fuhr, trafen sie einander fast täglich.

Ihr Abenteuer kam vor allem deshalb zustande, weil der Sommer so verregnet und so kalt war wie schon ewig nicht mehr. Sie mußten sich also im Haus beschäftigen, und so kam es, daß sie sich entschlossen, das Haus zu erforschen. Es ist erstaunlich, was man in einem alten Haus, mit einem Kerzenstummel in der Hand, alles auskundschaften kann. Polly hatte schon vor langer Zeit eine Entdeckung gemacht. Wenn man in der Rumpelkammer unterm Dach eine kleine Tür öffnete, dann kam man zu einer Zisterne mit einem dunklen Gang dahinter. Dort konnte man hineinklettern, wenn man gut achtgab. Wie ein langer Tunnel war dieser Gang, mit einer Ziegelmauer auf der einen und dem schrägen Dach auf der anderen Seite. An manchen Stellen fiel zwischen den Dachschindeln ein bißchen Licht herein. Fußboden gab es allerdings keinen in diesem Gang. Man mußte große Schritte von einem Balken zum nächsten machen, denn dazwischen lag nur der rohe Verputz, durch den man sofort ins darunterliegende Zimmer gebrochen wäre. Direkt neben der Zisterne hatte sich Polly eine Schmugglerhöhle eingerichtet. Sie hatte ein paar Kistenbretter heraufgeschafft, die Sitze von kaputten Küchenstühlen und ähnliche Sachen. Das alles hatte sie über die Balken gelegt, sozusagen als Fußboden. Hier bewahrte sie eine Geldkassette auf mit allem möglichen Krimskrams. Auch die Geschichte, an der sie gerade schrieb, bewahrte sie dort auf, und gelegentlich ein paar Äpfel. Dort oben hatte sie sich oft in aller Ruhe eine Flasche Ingwerbier zu Gemüte geführt, und jetzt, wo die leeren Flaschen herumstanden, sah die Schmugglerhöhle auch viel echter aus.

Digory gefiel die Höhle ziemlich gut – Pollys Geschichte bekam er allerdings nicht zu sehen –, aber noch lieber wollte er weiter herumstöbern.

»Was meinst du wohl, wie weit der Gang geht? Hört er dort auf, wo das nächste Haus anfängt?« erkundigte er sich.

»Nein. Die Mauern reichen nicht bis ganz hinauf. Der Gang geht also weiter. Aber wie weit, weiß ich auch nicht.«

»Dann könnten wir ja vielleicht durch alle Häuser laufen, was meinst du?«

»Ich glaube schon«, sagte Polly. »Und – ach, du liebe Güte . . .«

»Was?«

»Wir können ja dann auch in alle anderen Häuser hinein!«

»Damit man uns für Einbrecher hält? Nein danke!«

»Reg dich bloß nicht so auf! Ich dachte nur an das Haus neben euch.«

»Wieso?«

»Es steht leer. Daddy sagt, es steht schon leer, seit wir hier eingezogen sind.«

»Dann müssen wir es uns wohl mal ansehen.« Digory ließ sich nicht anmerken, wie aufgeregt er war. Natürlich überlegte er, genau wie ihr vielleicht, warum das Haus wohl schon seit Ewigkeiten leerstand. Polly ging es ganz ähnlich. Keiner von beiden sprach aus, was er dachte, nämlich daß es dort ja vielleicht Gespenster gab. Jetzt, wo der Vorschlag schon einmal gemacht worden war, wollte keiner mehr kneifen.

»Sollen wir uns gleich auf den Weg machen?« fragte Digory.

»Na gut.«

»Aber nur, wenn du es auch wirklich willst.«

»Wenn du dabei bist, dann bin ich auch dabei«, antwortete Polly.

»Aber woher sollen wir wissen, wie weit wir gehen müssen, bis wir im übernächsten Haus sind?«

So faßten sie also den Entschluß, erst einmal die Rumpelkammer auszumessen, und zwar mit Schritten, die dem Abstand zwischen zwei Balken entsprachen. Dadurch wußten sie, wieviel Balken es pro Zimmer gab. Dann wollten sie für die Strecke von einer Dachkammer zur nächsten noch vier Balken dazuzählen. Dazu kamen dann für das Zimmer des Dienstmädchens noch einmal genauso viele Balken wie in der Rumpelkammer. Das ergab die Anzahl der Balken pro Haus. Nach der doppelten Strecke hatten sie dann Digorys Haus durchquert. Die nächste Tür dahinter mußte auf den Dachboden des leerstehenden Hauses führen.

»Aber vermutlich steht es gar nicht leer«, meinte Digory.

»Was denn sonst?«

»Ich vermute, daß dort einer heimlich wohnt. Er kommt nur nachts heraus, mit einer trüben Laterne. Vermutlich finden wir eine gefährliche Verbrecherbande und kriegen eine Belohnung. Wenn ein Haus so lange leersteht, dann tut sich da bestimmt irgendwas Geheimnisvolles.«

»Mein Vater sagt, es liegt an den Abwasserrohren«, erklärte Polly.

»Puh! Die Erwachsenen haben immer so langweilige Erklärungen für alles!« schimpfte Digory. Jetzt, wo sie sich bei Tageslicht in der Rumpelkammer unterhielten, kamen ihnen die Gespenster in dem leeren Haus weit weniger wahrscheinlich vor als eben noch bei Kerzenschein in der Schmugglerhöhle.

Als sie den Dachboden ausgemessen hatten, mußten sie sich einen Bleistift zum Addieren besorgen. Zuerst kam jeder auf eine andere Summe, und ich bin nicht so sicher, daß ihre Rechnung stimmte, selbst als beide zum gleichen Ergebnis kamen. Sie hatten es eilig, ihre Expedition in Angriff zu nehmen.

»Wir müssen uns ganz mucksmäuschenstill verhalten!« befahl Polly, als sie bei der Zisterne wieder in den dunklen Gang krochen. Weil es so eine wichtige Sache war, holte sich jeder von ihnen eine Kerze aus Pollys Vorrat in der Schmugglerhöhle.

Es war sehr dunkel und staubig in dem Gang, und es zog gewaltig. Schweigend stiegen sie von Balken zu Balken, und nur ab und zu flüsterten sie: »Jetzt müssen wir auf gleicher Höhe mit eurem Dachboden sein«, oder: »Jetzt haben wir etwa die Hälfte unseres Hauses hinter uns.« Keiner stolperte, die Kerzen gingen nicht aus, und schließlich kamen sie zu einer Stelle, wo rechts in der Backsteinmauer eine Tür lag. Klinke gab es keine, aber einen Riegel, so wie manchmal innen an den Schranktüren.

»Soll ich?« flüsterte Digory.

»Wenn du dabei bist, dann bin ich auch dabei«, flüsterte Polly. Beide spürten, daß es jetzt ausgesprochen ernst wurde. Aber keiner von beiden wollte einen Rückzieher machen. Digory schob mühsam den Riegel zurück, und die Tür öffnete sich. Sie mußten blinzeln, weil es plötzlich so hell wurde. Dann entdeckten sie zu ihrem großen Entsetzen, daß das keine leere Dachkammer war, sondern ein voll eingerichtetes Zimmer. Offensichtlich war keiner da. Alles war totenstill. Pollys Neugier siegte schließlich. Sie blies ihre Kerze aus und schlich mucksmäuschenstill in das Zimmer hinein.

Vom Baulichen her sah der Raum natürlich aus wie eine Dachkammer, doch war er wie ein Wohnzimmer eingerichtet. An den Wänden standen überall Regale voll mit Büchern. Im Kamin prasselte ein Feuer – der Sommer war wirklich scheußlich in diesem Jahr. Davor stand ein Sessel, dessen hohe Rückenlehne in ihre Richtung zeigte. Zwischen dem Sessel und Polly stand ein riesiger Tisch. Er war vollgehäuft mit allen möglichen Sachen – da gab es Bücher, nicht nur solche zum Lesen, sondern auch solche, in die man etwas schreiben kann, Tintenfässer, Federhalter, Siegelwachs und ein Mikroskop. Aber was Polly als allererstes auffiel, war ein leuchtendrotes, hölzernes Tablett mit einigen Ringen darauf. Jeweils ein gelber und ein grüner Ring lagen zusammen, zwei Paare. Von der Größe her waren sie völlig normal, aber sie funkelten so, daß man einfach hingucken mußte. Sie schimmerten und schillerten und waren so wunderschön, daß es kaum zu glauben war.

Im Zimmer war es so still, daß man sofort das Ticken der Uhr hörte. Doch nach einem Weilchen merkte Polly, daß da noch ein anderes Geräusch zu hören war: ein leises, ganz hauchzartes Summen. Staubsauger gab es damals noch keine, sonst hätte Polly sicher gedacht, irgendwo weit weg sei einer in Betrieb – ein paar Zimmer weiter, ein paar Stockwerke tiefer. Aber eigentlich war es ein schöneres Geräusch als das Summen eines Staubsaugers. Musikalischer war es und so leise, daß man es kaum hören konnte.

»Alles klar, hier ist keiner«, sagte Polly über die Schulter hinweg zu Digory. Jetzt redete sie schon ein wenig lauter. Digory trat blinzelnd und ausgesprochen schmutzig ein. Aber nicht nur er war so schmutzig – Polly sah nicht viel anders aus.

»Irgendwas stimmt hier nicht«, sagte Digory. »Das Haus steht gar nicht leer. Wir sollten lieber verduften, bevor uns einer erwischt.«

»Was meinst du, was das ist?« fragte Polly und deutete auf die bunten Ringe.
»Ach komm schon«, drängte Digory. »Je früher . . .«
Er kam nicht mehr dazu, seinen Satz zu beenden, denn in diesem Moment bewegte sich plötzlich der hohe Sessel vor dem Kamin, und die furchteinflößende Gestalt Onkel Andrews tauchte daraus hervor, geradeso, wie wenn in einem Puppenspiel ein Dämon durch eine verborgene Tür erscheint. Sie waren überhaupt nicht in dem leerstehenden Gebäude, sie waren in Digorys Haus gelandet, und zwar in dem geheimen Arbeitszimmer des Onkels. Beide Kinder stießen einen Schrei aus, als ihnen klar wurde, daß sie sich geirrt hatten. Sie wußten alle beide, daß sie sich eigentlich darüber hätten im klaren sein müssen, daß sie noch längst nicht weit genug gegangen waren.
Onkel Andrew war sehr groß und mager. Er hatte ein langes, glattrasiertes Gesicht mit einer sehr spitzen Nase und funkelnden Augen, gekrönt von einem wirren grauen Haarbusch.
Digory war sprachlos, denn Onkel Andrew sah tausendmal unheimlicher aus als jemals zuvor. Polly hatte noch keine so große Angst, was sich allerdings bald ändern sollte. Denn als allererstes ging Onkel Andrew zur Tür und drehte den Schlüssel um. Dann wandte er sich zu den Kindern, starrte sie durchdringend an und lächelte, daß alle Zähne blitzten.
»So!« sagte er. »Diesmal kann mir deine idiotische Tante nicht in die Quere kommen.«
Er benahm sich total anders als die Erwachsenen sonst. Polly schlug das Herz bis zum Hals. Gemeinsam wichen sie zurück zu der kleinen Tür, durch die sie eben hereingekommen waren. Doch Onkel Andrew war schneller. Er ging an ihnen vorbei, schloß auch diese Tür und baute sich davor auf. Dann rieb er sich die Hände und ließ die Gelenke knacken. Er hatte vollkommen weiße Hände mit sehr langen Fingern.
»Ich bin entzückt über euren Besuch«, sagte er. »Gerade was ich brauche – zwei Kinder.«
»Bitte, Mr. Ketterley«, sagte Polly, »es ist fast Mittag, und ich muß heim zum Essen. Würden Sie uns bitte rauslassen?«
»Noch nicht. Diese gute Gelegenheit darf ich mir nicht entgehen lassen. Ich wollte zwei Kinder. Ich stecke nämlich mitten in einem be-

deutsamen Experiment. Mit dem Meerschweinchen schien es zu funktionieren, aber ein Meerschweinchen kann ja nichts erzählen. Und erklären, wie es wieder zurückfindet, das kann man ihm auch nicht.«

»Hör mal, Onkel Andrew«, sagte Digory. »Jetzt ist wirklich Zeit zum Mittagessen, und man wird gleich nach uns suchen. Du mußt uns gehen lassen.«

»Muß ich?« fragte Onkel Andrew.

Digory und Polly warfen sich einen Blick zu. Sie wagten es nicht, etwas zu sagen, doch ihr Blick hieß: »Wie schrecklich!« und »Wir müssen ihn bei guter Laune halten.«

»Wenn Sie uns jetzt essen gehen lassen, können wir ja anschließend wiederkommen«, schlug Polly vor.

»Woher soll ich wissen, ob ihr dann wiederkommt?« Onkel Andrew lächelte verschlagen. Doch dann schien er sich anders zu besinnen.

»Tja«, meinte er, »wenn ihr absolut gehen müßt, dann muß ich euch eben gehen lassen. Ich kann nicht erwarten, daß ihr Freude daran habt, mit so einem alten Esel wie mir zu reden.« Er seufzte und fuhr fort: »Ihr könnt euch gar nicht vorstellen, wie einsam ich manchmal bin. Aber das macht nichts. Geht essen. Doch zuvor muß ich euch noch ein Geschenk machen. Es passiert ja schließlich nicht alle Tage, daß mich ein kleines Mädchen hier in meinem schäbigen Arbeitszimmer besucht – und erst recht keine so hübsche Dame wie du.«

Polly bekam langsam den Eindruck, Digorys Onkel sei vielleicht doch nicht übergeschnappt.

»Hättest du gern einen Ring, mein Schätzchen?« fragte Onkel Andrew.

»So einen gelben oder so einen grünen?« erkundigte sich Polly. »Wie schön!«

»Die grünen kann ich leider nicht weggeben«, entgegnete Onkel Andrew. »Aber von den gelben schenke ich dir gern einen. Komm her und probier einen an!«

Polly hatte jetzt fast gar keine Angst mehr. Außerdem war sie inzwischen ganz sicher, daß der alte Herr nicht übergeschnappt sein konnte. Und eigenartigerweise besaßen die funkelnden Ringe eine starke Anziehungskraft. Sie ging näher.

»Oh!« rief sie. »Hier wird das Summen lauter! Mir scheint fast, als wären es die Ringe, die das Geräusch machen.«

»Das bildest du dir nur ein, mein Schätzchen«, widersprach Onkel Andrew und lachte. Sein Lachen klang ganz natürlich, aber Digory hatte gesehen, daß in seinem Gesicht Ungeduld lag, oder fast so etwas wie Gier.
»Polly! Du spinnst!« rief er. »Rühr sie nicht an!«
Doch es war zu spät. In diesem Moment streckte Polly die Hand aus und berührte einen gelben Ring. Und auf der Stelle, geräuschlos und ohne jegliche Warnung, war Polly weg. Digory und sein Onkel waren allein im Zimmer.

Digory und sein Onkel

Das Ganze ging so schnell, daß Digory einen Schrei ausstieß. So etwas Gräßliches hatte er noch nie erlebt – nicht einmal in seinen schlimmsten Alpträumen. Doch Onkel Andrew hielt ihm sofort die Hand vor den Mund. »Ruhe!« zischte er Digory ins Ohr. »Wenn du schreist, dann hört dich deine Mutter. Und du weißt ja, was passieren kann, wenn sie sich aufregt.«
Digory sagte später, ihm sei fast schlecht geworden bei dieser gemeinen Erpressung. Aber natürlich schrie er kein zweites Mal.
»So ist es besser«, sagte Onkel Andrew. »Vielleicht kannst du ja auch gar nichts dafür. Es ist wirklich ein Schock, wenn man das erste Mal sieht, wie einer verschwindet. Selbst ich bin erschrocken, als vor ein paar Tagen das Meerschweinchen plötzlich weg war.«
»Ach, das war also der Schrei?« meinte Digory.
»Oh, du hast ihn gehört? Ich hoffe, du hast mir nicht nachspioniert?«
»Nein, hab ich nicht«, entgegnete Digory empört. »Aber was ist mit Polly passiert?«
»Du darfst mir gratulieren, mein lieber Junge«, sagte Onkel Andrew und rieb sich die Hände. »Mein Experiment ist geglückt. Das kleine Mädchen ist weg – ganz und gar verschwunden aus dieser Welt.«
»Was hast du mit ihr gemacht?«
»Ich hab sie – tja – ich hab sie an einen anderen Ort geschickt.«
»Was meinst du damit?«

Onkel Andrew setzte sich und sagte: »Nun, ich werde dir alles erklären. Hast du jemals von der alten Mrs. Lefay gehört?«
»War das nicht eine Großtante oder so was?« fragte Digory.
»Nicht ganz«, antwortete Onkel Andrew. »Sie war meine Patin. Das ist sie, dort an der Wand.«
Digory schaute auf. Da hing ein vergilbtes Porträtfoto einer Frau. Jetzt fiel ihm wieder ein, daß er in einer Schublade zu Hause auf dem Land schon einmal ein Foto dieser Frau entdeckt hatte. Er hatte seine Mutter gefragt, wer das sei, aber es war ihm so vorgekommen, als wolle sie nicht viel über diese Frau sagen. Sie hatte ganz und gar kein nettes Gesicht, fand Digory, obwohl man das bei den frühen Fotografien ja nicht so recht beurteilen konnte.
»War da – war da nicht irgendwas, was nicht stimmte mit ihr, Onkel Andrew?«
»Tja«, antwortete der Onkel kichernd, »das hängt davon ab, was du darunter verstehst. Die Menschen sind schrecklich engstirnig. Aber im Alter wurde sie tatsächlich sehr eigenartig. Benahm sich sehr unvernünftig. Deshalb hat man sie eingesperrt.«
»In die Irrenanstalt?«
»Oh, nein, nein, nein!« protestierte Onkel Andrew schockiert. »Ganz und gar nicht. Nur ins Gefängnis.«
»O je!« rief Digory. »Was hatte sie denn angestellt?«
»Ach, die arme Frau«, klagte Onkel Andrew. »Sehr unvernünftige Dinge hat sie angestellt. Alles mögliche. Aber darüber brauchen wir nicht zu reden. Zu mir war sie jedenfalls immer sehr nett.«
»Aber was hat denn das alles mit Polly zu tun? Ich wollte, du ...«
»Alles zu seiner Zeit, mein Junge«, meinte Onkel Andrew. »Bevor die alte Mrs. Lefay starb, hat man sie freigelassen, und ich war einer der wenigen, den sie noch zu sich ließ, als sie auf dem Sterbebett lag. Normale, unwissende Leute konnte sie nicht mehr ertragen. Mir geht es genauso. Wir beide hatten die gleichen Interessen. Ein paar Tage vor ihrem Tod befahl sie mir, ihr aus dem Geheimfach ihres alten Sekretärs in ihrem Haus eine Schatulle zu bringen. Als ich die Schatulle berührte, spürte ich an dem Prickeln in den Fingern, daß ich ein großes Geheimnis in den Händen hielt. Mrs. Lefay nahm mir das Versprechen ab, die Schatulle sofort nach ihrem Tod ungeöffnet und unter Einhaltung ge-

wisser Zeremonien zu verbrennen. Dieses Versprechen habe ich nicht gehalten.«

»Das war aber ziemlich gemein von dir«, meinte Digory.

»Gemein?« sagte Onkel Andrew. Er sah verwirrt aus. »Oh, ich verstehe. Du meinst, ein kleiner Junge muß seine Versprechen halten. Sehr richtig: so gehört es sich. Davon bin ich überzeugt, und ich bin froh, daß man dich so erzogen hat. Aber du mußt wissen, daß solche Regeln – wie gut sie für kleine Jungen, für Bedienstete, für Frauen und für die Leute ganz allgemein auch sein mögen – keinesfalls für Wissenschaftler, für große Denker und Weise gültig sein können. Nein, Digory. Männer wie ich, die im Besitz geheimer Weisheiten sind, unterliegen nicht den gewöhnlichen Gesetzen. Desgleichen sind uns die gewöhnlichen Freuden verschlossen. Unser Los, mein Junge, ist bedeutungsschwer und voller Einsamkeit.«

Dabei seufzte er und machte ein so ernstes, edles und geheimnisvolles Gesicht, daß Digory einen Augenblick lang wirklich fand, da habe sein Onkel etwas Schönes gesagt. Doch dann fiel ihm Onkel Digorys häßlicher Gesichtsausdruck kurz vor Pollys Verschwinden wieder ein. Und im selben Augenblick durchschaute er die großspurigen Worte seines Onkels. Das bedeutet lediglich, daß er der Meinung ist, ihm sei alles erlaubt, egal was er erreichen will, dachte Digory.

»Selbstredend habe ich lange nicht gewagt, die Schatulle zu öffnen, denn ich wußte, daß sie vielleicht höchst gefährliche Objekte enthielt. Meine Patin war nämlich eine sehr außergewöhnliche Frau. Sie war eine der letzten Sterblichen dieses Landes, in deren Adern Feenblut floß. Sie hat mir erzählt, daß es außer ihr damals noch zwei weitere solche Frauen gab – die eine war Herzogin, die andere Putzfrau. Du stehst also höchstwahrscheinlich vor dem allerletzten Mann, der eine Patin hatte mit Feenblut in den Adern. Was sagst du dazu? Daß ist sicher eine schöne Erinnerung für dich, wenn du mal alt bist.«

Ich wette, sie war eine böse Fee, dachte Digory. Laut fügte er hinzu: »Aber was ist jetzt mit Polly?«

»Weshalb mußt du denn immer wieder davon anfangen?« zeterte Onkel Andrew. »Als wäre das so wichtig! Meine erste Aufgabe war es natürlich, die Schatulle selbst zu untersuchen. Sie war uralt. Sogar damals wußte ich schon, daß sie nicht griechisch sein konnte, nicht altägyptisch, babylonisch, hethitisch oder chinesisch. Sie war älter als all diese Kulturen. Ah – welch großer Tag, als ich endlich die Wahrheit erfuhr! Die Schatulle kam aus Atlantis, der verschollenen Insel. Das bedeutet, daß sie viele Jahrhunderte älter war als all die Dinge aus der Steinzeit, die man in Europa ausgegraben hat. Sie war auch nicht so ungeschlacht und so grob wie die Sachen von damals. Denn schon zu Anbeginn aller Zeiten war Atlantis eine mächtige Stadt mit Palästen, Tempeln und Gelehrten.«

Er schwieg einen Augenblick, als warte er auf einen Kommentar von Digory. Aber der konnte seinen Onkel von Minute zu Minute weniger leiden, also hielt er den Mund.

»Inzwischen lernte ich viele andere Dinge über die Magie ganz im allgemeinen«, fuhr Onkel Andrew fort. »Aber das kann ich dir nicht alles erklären. Dafür bist du zu jung. Mit der Zeit konnte ich mir dann recht gut vorstellen, was für Dinge sich in der Schatulle befinden mochten. Durch die verschiedensten Versuche engte ich die Möglichkeiten weitgehend ein. Ich mußte einige – nun ja, einige außerordentlich eigenartige Leute kennenlernen und ein paar sehr unangenehme Erfahrungen machen. Dabei ergraute mein Haar. Man wird kein Zauberer, ohne seinen Preis dafür zu zahlen. Gegen Ende habe ich mir auch noch die Gesundheit ruiniert. Aber ich machte Fortschritte. Und schließlich und endlich erfuhr ich die Wahrheit.«

Obwohl nicht die geringste Möglichkeit bestand, daß einer lauschte, beugte er sich vor und flüsterte:

»Die Schatulle aus Atlantis enthielt etwas, was ganz zu Anbeginn unserer Welt aus einer anderen Welt hierhergebracht wurde.«

»Was?« fragte Digory. Ganz gegen seinen Willen packte ihn jetzt die Neugierde.

»Nur Staub«, sagte Onkel Andrew. »Feiner, trockener Staub. Sah nicht nach viel aus. Es war nichts, was man für eine lebenslange Schufterei hätte vorzeigen können. Doch als ich den Staub ansah – ich war äußerst achtsam, ihn nicht zu berühren –, da mußte ich daran denken, daß sich jedes Staubkorn einst in einer anderen Welt befunden hatte. Nicht auf einem anderen Planeten, nein, die gehören zu unserer Welt, und zu ihnen kann man gelangen, wenn man nur weit genug fliegt. Nein, in einer ganz anderen Welt, einer anderen Natur, einem anderen

Universum, an einem Ort, den man nie erreicht, auch wenn man bis in alle Ewigkeit durch unser Universum reist. In einer Welt, die man nur durch Zauberei erreichen kann!« Hier rieb sich Onkel Andrew die Hände, bis seine Gelenke knackten wie Feuerwerkskörper.

»Mir war klar, daß der Staub die Kraft hatte, einen dorthin zu ziehen, wo er ursprünglich hergekommen ist«, fuhr er fort. »Man mußte ihn nur in die richtige Form bringen. Das war das Problem. Meine früheren Experimente waren Fehlschläge. Ich habe mit Meerschweinchen gearbeitet. Einige starben, andere explodierten wie Bomben . . .«

»Das war aber schrecklich grausam«, entrüstete sich Digory, der selbst einmal ein Meerschweinchen gehabt hatte.

»Wieso mußt du denn laufend vom Thema ablenken?« fragte Onkel Andrew. »Dafür waren diese Viecher doch da. Ich hatte sie eigenhändig gekauft. Laß mal sehen – wo war ich? Ach ja. Endlich gelang es mir, die Ringe herzustellen: die gelben Ringe. Aber jetzt tauchte ein neues Problem auf. Ich war ziemlich sicher, daß ein gelber Ring jedes Lebewesen, das ihn berührte, zu diesem anderen Ort brachte. Aber wozu sollte das gut sein, wenn ich es nicht zurückholen konnte, damit es mir erzählte, was es dort vorgefunden hatte?«

»Und was war mit den Tieren?« wollte Digory wissen. »Denen erging es ja ganz schön dreckig, wenn sie nicht zurück konnten!«

»Du betrachtest die Dinge unentwegt vom falschen Standpunkt aus«, sagte Onkel Andrew ungeduldig. »Verstehst du denn nicht, daß es da um ein bedeutendes Experiment geht? Wenn ich jemand an diesen anderen Ort schicke, dann mache ich das nur deshalb, weil ich wissen will, wie es dort aussieht.«

»Warum bist du denn dann nicht einfach selbst hingereist?«

Digory hatte noch nie erlebt, daß jemand so überrascht und so gekränkt aussah wie sein Onkel Andrew jetzt auf diese einfache Frage hin. »Ich? Ich?« rief er. »Der Junge muß übergeschnappt sein. Ein Mann in meinem Alter, bei meinem Gesundheitszustand, sollte den Schock und die Gefahren riskieren, die auf einen zukommen, wenn man plötzlich in einem anderen Universum landet? So etwas Absurdes habe ich noch nie im Leben gehört! Ist dir klar, was du da sagst? Überleg doch, was das bedeutet – eine andere Welt –, dort kann man doch auf alles mögliche stoßen, auf absolut alles.«

»Und dort hast du vermutlich Polly hingeschickt«, sagte Digory. Er war hochrot vor Zorn. »Auch wenn du mein Onkel bist, kann ich dir nur sagen, daß du dich wie ein Feigling benommen hast, wenn du ein Mädchen irgendwohin schickst, wo du dich selbst nicht hinwagst.«
»Ruhe!« befahl Onkel Andrew und schlug mit der Hand auf den Tisch. »Das lasse ich mir nicht bieten, daß ein schmutziger kleiner Schuljunge so mit mir spricht! Du verstehst das nicht. Ich bin der große Wissenschaftler, der Zauberer, der Meister, der ein Experiment durchführt! Natürlich brauche ich Untergebene, mit denen ich experimentieren kann. Herr im Himmel, als nächstes wirst du mir erklären, ich hätte die Meerschweinchen um Erlaubnis fragen sollen, bevor ich sie benutzte! Große Dinge erreicht man nur, wenn man Opfer bringt. Der Gedanke, ich solle selbst in diese andere Welt reisen, ist wirklich lächerlich. Genausogut könnte man einem großen General befehlen, als gemeiner Soldat zu kämpfen. Angenommen, ich käme ums Leben – was soll dann aus meiner Lebensaufgabe werden?«
»Ach, hör doch auf mit dem Gequassel!« meinte Digory. »Holst du nun Polly zurück oder nicht?«
»Als du mich unverschämterweise unterbrochen hast, wollte ich dir eben erklären, daß ich schließlich und endlich einen Weg gefunden habe, wie man wieder zurückkehren kann. Die grünen Ringe ziehen einen zurück.«
»Aber Polly hat doch gar keinen grünen Ring dabei!«
»Nein«, bestätigte Onkel Andrew mit einem grausamen Lächeln.
»Wie soll sie denn dann wiederkommen?« rief Digory. »Da hättest du sie auch gleich umbringen können!«
»Sie kann ja zurück«, erklärte Onkel Andrew, »wenn ihr jemand nachgeht und zwei grüne Ringe mitnimmt: einen für sich selbst, und einen für das Mädchen.«
Jetzt sah Digory natürlich, in welchem Dilemma er steckte. Wortlos und mit weit offenem Mund starrte er seinen Onkel an. Er war totenblaß geworden.
Wie der perfekte Onkel, der seinem Neffen einen guten Ratschlag erteilt, fuhr Onkel Andrew nach einem kleinen Weilchen mit hoher, tragender Stimme fort: »Ich hoffe doch, daß du nicht dazu neigst, dich in derartigen Situationen zu drücken? Es täte mir leid, annehmen zu müs-

sen, daß ein Mitglied unserer Familie nicht genug Ehrgefühl und Ritterlichkeit besitzt, um einer – hm – einer Dame in Not zu helfen.«

»Hör bloß auf!« sagte Digory. »Wenn du nur ein Fünkchen Ehrgefühl oder so etwas in der Art hättest, dann würdest du selber gehen. Aber ich weiß, das machst du nicht. Na gut. Mir ist klar, daß ich gehen muß. Aber du bist wirklich ein ekelhafter Kerl. Ich nehme an, du hast das Ganze geplant. Daß sie verschwindet, ohne Bescheid zu wissen, damit ich hinter ihr her muß.«

»Natürlich«, entgegnete Onkel Andrew mit seinem abscheulichen Lächeln.

»Na gut. Ich gehe. Aber eines will ich dir noch sagen: Bis heute habe ich nicht an Magie gelaubt. Jetzt sehe ich, daß es sie wirklich gibt. Vermutlich beruhen also auch die ganzen alten Märchen mehr oder weniger auf Wahrheit. Und so wie in den Märchen bist du ganz einfach ein böser, grausamer Zauberer. Aber ich habe noch nie ein Märchen gelesen, in dem so jemand wie du nicht am Ende seine gerechte Strafe bekommt. Ich wette, so ist das auch bei dir. Und das geschieht dir ganz recht.«

Alles, was Digory bis jetzt gesagt hatte, schien Onkel Andrew nicht berührt zu haben. Doch nun zuckte er zusammen, und auf seinem Gesicht lag ein derartiges Entsetzen, daß man fast Mitleid kriegen mußte mit ihm, auch wenn er ein solch gräßlicher Kerl war. Doch schon einen Augenblick später glätteten sich seine Züge wieder, und er sagte mit einem gezwungenen Lachen: »So, so. Daß ein Junge so denkt, ist wohl ganz normal – ein Junge, der wie du unter Frauen aufgewachsen ist. Altweibergeschichten sind das. Oder? Ich glaube nicht, daß du dir Sorgen zu machen brauchst über die Gefahr, in der *ich* schwebe. Findest du nicht, du solltest dir eher Sorgen machen, in welcher Gefahr deine kleine Freundin schwebt? Sie ist schon ziemlich lange weg. Wenn an diesem anderen Ort Gefahren drohen – tja, es wäre jammerschade, wenn du ein paar Sekunden zu spät kämst.«

»Dir ist das ja sowieso egal!« gab Digory wütend zurück. »Aber ich habe die Nase voll von deinem Gequassel. Was soll ich tun?«

»Du mußt wirklich lernen, dich zu beherrschen, mein Junge«, gab Onkel Andrew gelassen zurück. »Andernfalls wirst du mal so wie deine Tante Letty. Also paß auf.«

Er stand auf, zog ein Paar Handschuhe an und ging hinüber zu dem Tablett mit den Ringen.
»Sie funktionieren nur, wenn sie auch wirklich die Haut berühren. Wenn man Handschuhe trägt, kann man sie anfassen – siehst du? –, ohne daß etwas passiert. Solange du einen in der Tasche hast, geschieht gar nichts: aber natürlich mußt du achtgeben, daß du nicht die Hand in die Tasche steckst und ihn aus Versehen berührst. Sobald du einen gelben Ring anfaßt, verschwindest du aus dieser Welt. Wenn du an diesem anderen Ort bist, dann nehme ich an – das habe ich natürlich noch nicht ausprobiert, aber ich nehme es an –, daß du von dort wieder verschwindest und hierher zurückkehrst, sobald du den grünen Ring berührst. Nehme ich jedenfalls an. Also. Ich stecke dir jetzt die beiden grünen Ringe in die rechte Hosentasche. Merke dir gut, in welcher Tasche sie sind. G für Grün, R für rechts. G. R.: die ersten beiden Buchstaben von grün. Einen für dich, einen für das kleine Mädchen. Und jetzt nimmst du dir noch einen gelben. An deiner Stelle würde ich ihn an den Finger stecken, sonst läßt du ihn vielleicht noch fallen.«
Digory wollte gerade gehorchen, doch dann zog er die Hand noch einmal zurück.
»Und was ist mit meiner Mutter? Was ist, wenn sie nach mir fragt?«
»Je schneller du verschwindest, desto schneller bist du wieder hier«, erklärte Onkel Andrew munter.
»Aber du weißt doch gar nicht genau, ob ich wiederkomme!«
Onkel Andrew zuckte die Achseln, ging zur Tür, öffnete sie weit und sagte:
»Na gut. Ganz wie du willst. Geh nach unten und iß. Soll das kleine Mädchen doch von wilden Tieren aufgefressen werden oder ertrinken, oder verhungern in dieser anderen Welt, oder für immer dort verlorengehen, sofern dir das lieber ist. Mir ist es egal. Vor dem Nachmittagstee solltest du vielleicht Mrs. Plummer einen Besuch abstatten und ihr erklären, daß sie ihre Tochter nie mehr wiedersieht. Und zwar deshalb, weil du zu feige warst, einen Ring anzustecken.«
»Herr im Himmel!« seufzte Digory. »Wäre ich doch nur groß genug, damit ich dir eins in die Rübe knallen könnte!«
Dann knöpfte er seine Jacke zu, atmete tief ein und nahm den Ring. Mir bleibt ja wohl gar nichts anderes übrig, dachte er dabei.

Onkel Andrew und sein Arbeitszimmer verschwanden auf der Stelle. Einen Augenblick lang verschwamm alles. Das erste, was Digory bemerkte, war ein sanftes grünes Licht, das von oben auf ihn herabfiel. Unter ihm war alles dunkel. Er stand nicht, saß nicht, lag nicht – nein, er schien frei zu schweben, ohne etwas zu berühren. Ich glaube, ich bin im Wasser, sagte sich Digory. Vielmehr *unter* Wasser. Einen Moment lang bekam er Angst, doch dann spürte er, daß er aufwärtsschoß. Er durchbrach mit dem Kopf die Wasseroberfläche und kletterte auf das glatte, grasbewachsene Ufer eines kleinen Teichs.

Beim Aufstehen stellte er fest, daß er gar nicht naß war. Er mußte auch nicht nach Luft japsen, so wie das ja eigentlich normal ist, wenn man eben aus dem Wasser auftaucht. Er stand im Wald, am Rand eines winzigen Teichs, kaum drei Meter im Durchmesser. Die Bäume standen dicht an dicht, und sie waren so belaubt, daß er kein einziges Himmelsfleckchen sehen konnte. Das durch das Laubwerk hereinfallende Licht war vollkommen grün. Eine äußerst starke Sonne mußte über den Bäumen stehen, denn das grüne Licht strahlte und wärmte. Es war der stillste Wald, den man sich überhaupt vorstellen kann. Es gab keine Vögel, keine Insekten, kein sonstiges Getier und keinen Wind. Fast konnte man spüren, wie die Bäume wuchsen. Der Teich, aus dem Digory eben geklettert war, war nicht der einzige. Soweit das Auge reichte, lagen dicht nebeneinander noch weitere Teiche. Fast meinte man zu fühlen, wie die Bäume mit ihren Wurzeln das Wasser aufsogen. Ein ausgesprochen lebendiger Wald war es. Wenn Digory ihn später zu beschreiben versuchte, dann sagte er immer: Es war ein üppiger Ort, so üppig wie Pflaumenkuchen.

Das Eigenartigste war, daß Digory schon fast vergessen hatte, wie er hierhergekommen war, noch bevor er sich recht umschaute. Jedenfalls dachte er keineswegs an Polly oder an seinen Onkel – ja nicht einmal an seine Mutter. Kein bißchen Angst hatte er, und aufgeregt oder neugierig war er auch nicht. Wenn ihn einer gefragt hätte: »Wo kommst du her?«, hätte er vermutlich geantwortet: »Ich war schon immer hier.« Und so kam es ihm auch vor – als wäre er schon immer an diesem Ort gewesen und hätte noch nie Langeweile verspürt, obwohl nie etwas

passierte. Lange danach sagte er: »Es war kein Ort, an dem etwas geschieht. Die Bäume wachsen, und das ist alles.«
Nachdem Digory den Wald lange betrachtet hatte, entdeckte er, daß ein paar Schritte weiter am Fuß eines Baumes ein Mädchen lag. Ihre Augen hatte sie ein winziges bißchen geöffnet, so als wäre sie gerade eben am Aufwachen. Lange schaute er sie schweigend an. Schließlich öffnete sie die Augen ganz. Auch sie sah ihn lange an, und auch sie schwieg. Doch dann sagte sie mit einer Stimme, die ganz verträumt und glücklich klang:
»Mir scheint, ich hab dich schon mal gesehen.«
»Ich dich auch, glaube ich«, antwortete Digory. »Bist du schon lange hier?«
»Oh, schon immer«, sagte das Mädchen. »Auf jeden Fall schon – ich weiß nicht – sehr lange.«
»Ich auch.«
»Das stimmt nicht«, widersprach das Mädchen. »Ich habe dich eben erst aus dem Teich klettern sehen.«
»Vermutlich hast du recht«, sagte Digory. Er sah ziemlich verwirrt aus. »Das hatte ich vergessen.«
Lange Zeit schwiegen beide.
»Hör mal«, sagte das Mädchen nach einem Weilchen. »Meinst du, wir haben uns wirklich schon mal getroffen? Mir kam eben so was wie ein Bild in den Sinn, von einem Jungen und einem Mädchen – so wie wir –, die irgendwo lebten, wo alles ganz anders war. Und die beiden machten alles mögliche zusammen. Aber vielleicht war es nur ein Traum.«
»Ich hatte den gleichen Traum, glaube ich«, sagte Digory. »Von einem Mädchen und einem Jungen, die nebeneinander wohnten, und sie kletterten auf Balken herum oder so. Ich weiß noch, das Mädchen hatte ein ganz schmutziges Gesicht.«
»Das mußt du verwechseln! In meinem Traum hatte der Junge ein schmutziges Gesicht.«
»An das Gesicht des Jungen erinnere ich mich nicht«, sagte Digory. Dann fügte er hinzu: »He! Was ist denn das?«
»Oh! Ein Meerschweinchen!« rief das Mädchen. Und tatsächlich schnupperte da ein fettes Meerschweinchen im Gras umher. Um den

Bauch trug es ein Band, und an dem Band war ein leuchtendgelber Ring befestigt.
»Sieh nur!« rief Digory. »Schau dir den Ring an! Du hast auch so einen am Finger. Und ich ebenfalls.«
Das Mädchen setzte sich auf. Jetzt wurde es neugierig. Die beiden Kinder starrten einander durchdringend an und versuchten krampfhaft, sich zu erinnern. »Mr. Ketterley!« rief das Mädchen, und genau im selben Augenblick rief der Junge: »Onkel Andrew!« Jetzt wußten sie, wer sie waren, und alles fiel ihnen wieder ein. Nach einem kurzen Gespräch klärte sich die ganze Geschichte. Digory erzählte, wie gräßlich sich sein Onkel verhalten hatte.
»Was machen wir jetzt?« fragte Polly. »Sollen wir das Meerschweinchen nehmen und nach Hause verschwinden?«
»Wir brauchen uns nicht zu beeilen«, sagte Digory und gähnte ausgiebig.
»Doch«, widersprach Polly. »Hier ist es zu still. Es ist so – so verträumt hier. Du schläfst schon fast. Sobald wir nachgeben, legen wir uns hin und versinken für immer und ewig in einen Dämmerschlaf.«
»Sehr schön ist es hier«, sagte Digory.
»Ja, das stimmt. Aber wir müssen wieder heim.« Polly stand auf und ging vorsichtig auf das Meerschweinchen zu. Doch dann überlegte sie es sich anders.
»Wir können es ja eigentlich auch hierlassen«, schlug sie vor. »Es ist glücklich und zufrieden hier, und wenn wir es mitnehmen, dann macht dein Onkel wieder so gräßliche Sachen mit ihm.«
»Ganz bestimmt«, entgegnete Digory. »Schau dir nur an, was er mit uns angestellt hat. Übrigens – wie kommen wir eigentlich wieder nach Hause?«
»Ich nehme an, wir müssen in den Teich hüpfen.«
Sie gingen zusammen zum Ufer und schauten hinunter auf das glatte Wasser. Die üppig belaubten Zweige spiegelten sich darin, und dadurch wirkte es ausgesprochen tief.
»Wir haben kein Badezeug dabei«, meinte Polly.
»Wir brauchen doch kein Badezeug, Dummerchen«, sagte Digory. »Wir lassen unsere Kleider an. Weißt du denn nicht mehr, daß wir beim Hochkommen überhaupt nicht naß geworden sind?«

»Kannst du schwimmen?«
»Ein bißchen. Du?«
»Ja – aber nicht sehr gut.«
»Ich glaube nicht, daß wir schwimmen müssen«, meinte Digory. »Wir wollen doch nach unten, oder nicht?«
Keiner der beiden war so recht begeistert von dem Gedanken, in den Teich hüpfen zu müssen. Aber keiner sagte etwas. Sie nahmen sich bei der Hand, riefen: »Eins – zwei – drei – los!« und sprangen. Es platschte laut auf, und natürlich machten sie alle beide fest die Augen zu. Aber als sie die Augen wieder öffneten, standen sie immer noch Hand in Hand in diesem grünen Wald. Das Wasser reichte ihnen kaum zum Knöchel. Der Teich war offensichtlich ganz flach. Spritzend kletterten sie wieder aufs Trockene.
»Was haben wir bloß falsch gemacht?« fragte Polly erschrocken, aber doch nicht ganz so erschrocken, wie man vielleicht hätte annehmen können. Es war nämlich schwierig, in diesem Wald Angst zu kriegen. Dafür war es hier zu friedlich.
»Oh, ich weiß!« rief Digory. »Natürlich konnte es nicht funktionieren. Wir tragen ja immer noch die gelben Ringe. Die waren für die Reise hierher bestimmt. Für die Heimreise brauchen wir die grünen. Hast du Taschen? Gut. Den gelben Ring steckst du jetzt in deine linke Tasche. Ich habe zwei grüne mitgebracht. Da ist deiner.«
Also streiften sie die grünen Ringe über und gingen wieder zum Teich. Aber bevor sie noch einmal hineinhüpften, machte Digory: »O – o – oh!«
»Was ist?« fragte Polly.
»Mir kam gerade eine phantastische Idee«, sagte Digory. »Was ist mit all den anderen Teichen?«
»Wie meinst du das?«
»Tja, wenn wir durch diesen Teich hier in unsere eigene Welt gelangen, dann ist es ja vielleicht möglich, daß wir woanders hinkommen, wenn wir in einen anderen Teich hüpfen. Vielleicht ist am Grund von jedem Teich eine andere Welt?«
»Ich dachte, wir seien schon in dieser anderen Welt, oder an dem anderen Ort, oder wie es dein Onkel Andrew nannte. Hast du nicht gesagt . . .«

»Ach, zum Teufel mit meinem Onkel«, unterbrach Digory. »Ich glaube nicht, daß der viel Ahnung hat. Er hatte nicht mal den Mut, es selbst auszuprobieren. Er hat zwar nur von *einer* anderen Welt gesprochen, aber vielleicht gibt es ja Dutzende!«

»Du meinst, dieser Wald hier ist nur eine Welt unter vielen anderen?«

»Nein, ich glaube, daß dieser Wald überhaupt keine Welt ist. Er scheint mir eher wie ein Ort, der zwischen den Welten liegt.«

Polly sah verwirrt aus.

»Verstehst du nicht?« fragte Digory. »Hör zu! Denk an den Tunnel daheim unterm Dach. Er gehört ja eigentlich zu gar keinem bestimmten Haus, aber wenn man ihn betritt, kann man von dort aus in jedes einzelne Haus gelangen. Könnte es bei dem Wald nicht so ähnlich sein? Könnte es nicht ein Ort sein, der zu keiner Welt gehört, aber wenn man ihn erst mal gefunden hat, gestattet er den Zutritt zu allen Welten?«

»Na ja, aber selbst wenn man . . .« begann Polly, aber Digory fuhr fort, als hätte er sie gar nicht gehört.

»Das erklärt natürlich alles. Deshalb ist es hier so still und verschlafen. Hier geschieht nie etwas. Es ist fast wie bei uns daheim. In den Häusern reden die Leute, dort werkeln sie herum und dort essen sie. Aber an den Übergangsstellen, hinter den Wänden, über der Decke und unter dem Fußboden oder in unserem Tunnel passiert gar nichts. Von dort aus kann man aber in jedes Haus gelangen. Ich glaube, von hier aus kommt man ebenfalls absolut überall hin. Wir brauchen also nicht in den Teich zu springen, aus dem wir gekommen sind. Zumindest noch nicht gleich.«

»Der Wald zwischen den Welten«, sagte Polly verträumt. »Das klingt hübsch.«

»Komm!« befahl Digory. »Welchen Teich wollen wir nehmen?«

»Hör zu! Ich probiere keinen neuen Teich, solange wir nicht wissen, daß wir durch den alten wieder heimkommen. Wir haben doch gar keine Ahnung, ob es überhaupt klappt!« protestierte Polly.

»Ja, und dann erwischt uns Onkel Andrew und nimmt uns die Ringe weg, bevor wir unseren Spaß hatten. Nein danke«, sagte Digory.

»Vielleicht könnten wir ein Stückchen in unseren Teich hinabtauchen, nur um zu sehen, ob es funktioniert«, schlug Polly vor. »Und wenn,

dann wechseln wir die Ringe, bevor wir im Arbeitszimmer deines Onkels ankommen.«
»Meinst du, daß es geht, nur ein Stückchen hinabzutauchen?«
»Es hat ja ein Weilchen gedauert, bis wir oben waren. Also dauert es vermutlich auch ein Weilchen, bis wir wieder unten sind.«
Digory machte ein schreckliches Theater, bevor er einwilligte. Aber schließlich und endlich blieb ihm nichts anderes übrig, weil Polly sich strikt weigerte, sich in den anderen Welten umzusehen, bevor sie sich nicht überzeugt hatte, daß sie ihre eigene Welt wieder erreichen konnte. Was gewisse Gefahren betraf, so wie zum Beispiel bei Wespen oder so, da war sie genauso mutig wie Digory. Nur war sie nicht so wild darauf, Dinge auszukundschaften, von denen noch kein Mensch jemals etwas gehört hat. Digory gehörte nämlich zu den Leuten, die alles wissen wollen. Später, als er erwachsen war, wurde er der berühmte Professor Kirke, der in anderen Büchern eine Rolle spielt.
Nach einem ziemlichen Hin und Her einigten sie sich schließlich darauf, ihre grünen Ringe anzustecken (»Grün steht für Sicherheit«, sagte Digory, »damit du die beiden Ringe auf keinen Fall verwechseln kannst«), sich an den Händen zu halten und zu springen. Aber sobald es den Anschein hatte, als kämen sie wieder in Onkel Andrews Arbeitszimmer an, oder zumindest in ihrer alten Welt, wollte Polly »Wechseln!« rufen, und dann wollten sie die grünen Ringe gegen die gelben austauschen. Eigentlich wollte Digory derjenige sein, der »Wechseln!« rief, aber Polly war dagegen.
Also steckten sie die grünen Ringe an, nahmen einander bei der Hand und riefen noch einmal: »Eins – zwei – drei – los!« Diesmal funktionierte es. Es läßt sich schwer beschreiben, wie sich das Ganze für die beiden anfühlte, weil alles so schnell ging. Zuerst bewegten sich helle Lichter an einem dunklen Himmel. Digory war anschließend der Meinung, es seien Sterne gewesen, und er war sogar bereit, zu beschwören, er habe den Jupiter ganz aus der Nähe gesehen. Sogar dessen Monde habe er erkennen können. Aber gleich darauf waren sie von unzähligen Dächern mit Kaminen umgeben, und die St. Paul's-Kathedrale sahen sie auch. Sie mußten also in London sein. Doch sie konnten durch alle Mauern sehen und in alle Häuser hinein. Dann erblickten sie ganz verschwommen und unklar Onkel Andrew. Nach und nach wurde das

Bild immer klarer, wie bei einem Fernglas, das richtig eingestellt wird. Doch bevor Digorys Onkel ganz und gar wirklich wurde, rief Polly: »Wechseln!« Also steckten sie die gelben Ringe wieder an, unsere Welt verblaßte wie ein Traum, das grüne Licht über ihnen wurde stärker und immer stärker, bis sie mit den Köpfen die Wasseroberfläche durchstießen und wieder ans Ufer krabbelten. Um sie herum stand der Wald, so grün und so hell und so still wie zuvor. Das Ganze hatte kaum eine Minute gedauert.

»So!« sagte Digory. »Es klappt also. Und jetzt beginnt das Abenteuer. Welchen Teich wir nehmen, ist ja egal. Komm! Wir probieren den da.«

»Halt!« rief Polly. »Sollen wir denn nicht den Teich hier erst markieren?«

Die beiden starrten einander an und wurden totenblaß, als ihnen klar wurde, wie schrecklich das hätte ausgehen können, was Digory eben fast getan hätte. Es gab ja unzählige Teiche hier im Wald, und alle sahen sie gleich aus, genau wie die Bäume. Wenn sie also den Teich, der zu ihrer eigenen Welt führte, verlassen hätten, ohne ihn irgendwie zu markieren, dann würden sie ihn höchstwahrscheinlich nie mehr gefunden haben.

Digorys Hand zitterte, als er sein Taschenmesser öffnete und einen langen Streifen der Grasnarbe am Teichufer herausschnitt. Die wohlduftende Erde war von einem tiefen Rotbraun, das sich von dem Grün drumherum gut abhob. »Wie gut, daß wenigstens einer von uns beiden was im Kopf hat«, sagte Polly.

»Jetzt hör schon auf und gib nicht so an!« sagte Digory. »Ich will sehen, was wir im nächsten Teich vorfinden. Komm!«

Polly reagierte ziemlich ungehalten, und Digory gab eine noch ekelhaftere Antwort. Der Streit dauerte ein paar Minuten, aber es wäre langweilig, ihn in voller Länge wiederzugeben. Wir machen einfach einen Sprung bis zu dem Augenblick, wo sie mit Herzklopfen, ängstlichen Gesichtern und dem grünen Ring am Finger am Ufer des unbekannten Teiches standen, einander an der Hand faßten und noch einmal sagten: »Eins – zwei – drei – los!«

Platsch. Wieder einmal hatte es nicht funktioniert. Auch dieser Teich war so flach wie eine Pfütze. Anstatt in eine andere Welt zu gelangen, hatten sie sich an diesem Vormittag zum zweiten Mal nasse Füße und vollgespritzte Beine geholt – falls es überhaupt noch Vormittag war: in dem Wald zwischen den Welten schien nämlich die Zeit stillzustehen.

»Zum Donnerwetter!« rief Digory. »Was ist denn bloß diesmal wieder schiefgegangen? Wir tragen doch die gelben Ringe! Er sagte, für die Reise nach draußen seien die gelben Ringe zuständig.«

In Wahrheit hatte Onkel Andrew, der nichts von dem Wald zwischen den Welten wußte, eine ganz falsche Vorstellung von den Ringen. Es traf nicht zu, daß die gelben in fremde Welten führten und die grünen nach Hause; zumindest nicht so, wie er sich das vorstellte. Das Material, aus dem beide Ringe bestanden, stammte aus dem Wald. Die Substanz in den gelben Ringen hatte die Kraft, den jeweiligen Träger in den Wald zu ziehen; diese Substanz wollte an ihren Ursprungsort zurück, in den Wald zwischen den Welten. Die Substanz in den grünen Ringen dagegen war bestrebt, ihren Ursprungsort zu verlassen: also brachten die grünen Ringe den jeweiligen Träger vom Wald weg in eine Welt. Ihr müßt wissen, daß Onkel Andrew hier mit Dingen umging, von denen er eigentlich gar nichts verstand. So ist das im übrigen mit den meisten Zauberern. Natürlich war sich Digory dessen auch nicht so recht bewußt, zumindest noch nicht gleich. Aber als die beiden Kinder beratschlagt hatten, entschlossen sie sich, es noch einmal mit den grünen Ringen zu versuchen, um zu sehen, was dann passierte.

»Ich bin dabei, wenn du dabei bist«, erklärte Polly wieder. Aber das sagte sie nur, weil sie tief im Innern ihres Herzens zu wissen glaubte, daß in dem neuen Teich keiner der beiden Ringe funktionierte. Also gab es außer einem Platscher ins Wasser ja eigentlich nichts zu befürchten. Digory ging es vermutlich genauso. Als die beiden ihre grünen Ringe übergestreift hatten und wieder Hand in Hand am Wasser standen, waren sie jedenfalls wesentlich wohlgemuter als beim ersten Mal. Und zudem hatten sie viel weniger Herzklopfen.

»Eins – zwei – drei – los!« rief Digory. Und dann sprangen sie.

Diesmal gab es keinen Zweifel: die Zauberei funktionierte. Sie sausten tiefer und immer tiefer, zuerst durch dunkle Schwärze, dann zwischen verschwommenen, wirbelnden Gebilden hindurch, die man nicht richtig erkennen konnte. Dann wurde es heller, und sie spürten plötzlich wieder festen Boden unter den Füßen. Einen Augenblick später wurde das Bild um sie herum klar, und sie sahen sich um.

»Ein ziemlich eigenartiger Ort«, stellte Digory fest.

»Hier gefällt es mir gar nicht«, meinte Polly und schauderte.

Als erstes fiel ihnen das Licht auf. Es war nicht wie Sonnenlicht, nicht wie elektrisches Licht, nicht wie das Licht einer Lampe oder einer Kerze. So ein Licht hatten sie noch nie gesehen. Rötlich trüb, ganz und gar nicht freundlich, leuchtete es stetig, ohne zu flackern. Polly und Digory standen auf einer gepflasterten Fläche, umgeben von Gebäuden. Es schien eine Art Hof zu sein, auf dem sie da standen. Der Himmel über ihren Köpfen war von einem so dunklen Blau, daß er schon fast schwarz wirkte. Wenn man sich diesen Himmel anschaute, dann nahm einen wunder, daß es hier in dieser Welt nicht stockfinster war.

»Das Wetter hier ist ausgesprochen eigenartig«, sagte Digory. »Vielleicht kommen wir gerade zurecht für ein Gewitter oder eine Sonnenfinsternis.«

»Hier gefällt es mir gar nicht«, sagte Polly.

Alle beide flüsterten, ohne zu wissen weshalb. Und keiner ließ die Hand des anderen los, obwohl das jetzt, nach dem Sprung, eigentlich gar nicht mehr nötig war.

Hoch aufragende Mauern umgaben den Hof, auf dem sie standen. Das Mauerwerk war durchbrochen von vielen riesigen, glaslosen Fenstern, durch die nur schwarze Finsternis zu sehen war. Weiter unten klafften riesige Säulengänge wie die schwarzen Mäuler von Eisenbahntunnels. Es war auch ziemlich kalt.

Der Stein, aus dem alles gebaut war, schien rot zu sein, aber das lag vielleicht nur an dem eigenartigen Licht. Alles war offensichtlich uralt. Viele von den flachen Pflastersteinen hatten Sprünge, sie fügten sich nicht mehr richtig aneinander, und die scharfen Plattenkanten waren alle abgetreten. Einer der gewölbten Torbogen lag voller Geröll. Die beiden Kinder drehten und wendeten sich, um alles zu betrachten. Vor allem drehten und wendeten sie sich deshalb, weil ja vielleicht irgendeiner oder irgend etwas aus diesen Fenstern starrte, wenn sie sich gerade in eine andere Richtung drehten.

»Glaubst du, hier wohnt einer?« fragte Digory schließlich. Er flüsterte noch immer.

»Nein«, meinte Polly. »Das ist doch alles am Zusammenbrechen. Wir haben keinen einzigen Laut gehört, seit wir da sind.«

»Wir bleiben jetzt still stehen und horchen«, schlug Digory vor.

Also blieben sie still stehen und horchten, aber außer ihrem eigenen Herzklopfen war nichts zu hören. Hier war es mindestens genauso still wie in dem Wald zwischen den Welten. Nur war hier die Stille ganz anders. Im Wald war sie üppig gewesen, warm und voller Leben – um ein Haar hätte man dort die Bäume wachsen hören. Hier war sie tot, kalt und leer. Man konnte sich nicht vorstellen, daß in dieser Stille etwas wachsen sollte.

»Komm, wir gehen nach Hause«, schlug Polly vor.

»Wir haben doch noch gar nichts gesehen!« protestierte Digory. »Wenn wir schon mal da sind, dann müssen wir uns auch umsehen.«

»Ich bin sicher, hier gibt es überhaupt nichts Interessantes zu sehen.«

»Welchen Sinn hat es denn, wenn man einen Zauberring findet, der einem Zutritt zu anderen Welten verschafft, wenn man dann Angst davor hat, sie anzuschauen?«

»Wer hat hier was von Angst gesagt?« fragte Polly und ließ Digorys Hand los.

»Ich dachte nur, weil du offensichtlich keine große Lust hast, dich hier umzuschauen.«

»Ich gehe überall hin, wo du hingehst.«

»Wir können ja jederzeit wieder von hier verschwinden«, sagte Digory. »Wir streifen jetzt die grünen Ringe ab und stecken sie in unsere rechte Tasche. Wir dürfen nur nicht vergessen, daß wir die gelben in der linken Tasche haben. Du kannst deine Hand so nah an deiner Tasche lassen, wie du nur willst, nur hineinstecken darfst du sie nicht. Sonst berührst du den Ring, und dann bist du weg.«

Also streiften sie ihre Ringe ab und gingen zu einem großen Torbogen, der in ein Gebäude führte. Als sie von der Schwelle aus nach drinnen schauten, sahen sie, daß es dort gar nicht so düster war, wie sie zuerst gedacht hatten. Die Tür führte in eine weitläufige, schattige Halle, die leer zu sein schien. Gegenüber, am anderen Ende der Halle, stand eine Säulenreihe, durchbrochen von Rundbögen, durch die das eigenartig träge wirkende Licht hereinfiel. Ganz vorsichtig, weil der Fußboden ja vielleicht schadhaft war oder weil Dinge herumliegen mochten, über die man stolpern konnte, durchquerten Polly und Digory die Halle. Der Weg kam ihnen endlos lang vor. Am anderen Ende angelangt, traten sie durch einen Rundbogen hinaus und standen auf einem noch größeren Hof.

»Das sieht ja ziemlich gefährlich aus«, meinte Polly und deutete auf eine Mauer, die sich nach außen wölbte und geradeso aussah, als könne sie jeden Moment einstürzen. An einer Stelle fehlte ein Pfeiler zwischen zwei Rundbögen, und dort, wo sich die beiden Bögen trafen und wo der Pfeiler hätte stehen müssen, hingen die Steine frei in der Luft. Ganz offensichtlich war der Ort hier seit Hunderten, ja vielleicht seit Tausenden von Jahren unbewohnt.

»Wenn es bis jetzt gehalten hat, dann wird es vermutlich nicht ausgerechnet jetzt zusammenbrechen«, sagte Digory. »Aber wir müssen uns ganz still verhalten. Weißt du – manchmal kann ein Geräusch der auslösende Faktor sein – wie bei einer Lawine in den Alpen.«

Sie verließen den Hof und traten durch eine andere Tür, kletterten eine riesige Treppe empor, durchschritten weite Hallen, eine nach der anderen, bis ihnen ganz schwindlig wurde von den riesigen Ausmaßen dieser Bauwerke. Von Zeit zu Zeit dachten sie, jetzt müßten sie gleich hinausgelangen ins Freie und sehen, was für eine Art Landschaft diesen riesigen Palast umgab, doch jedesmal gelangten sie lediglich auf den nächsten Hof. Wunderschön mußten diese Gebäude gewesen sein, damals, als hier noch Leute gelebt hatten. In einem entdeckten sie einen ehemaligen Springbrunnen. Da stand ein riesiges Monstrum mit weit ausgebreiteten Schwingen, in dessen offenem Maul man noch ein Stückchen von dem Rohr sehen konnte, aus dem früher das Wasser geflossen sein mußte. Darunter gab es ein großes, steinernes Becken, in dem einst das Wasser aufgefangen worden war. Doch jetzt war es völlig ausgetrocknet. An einer anderen Stelle fanden sie die verdorrten Überreste einer Kletterpflanze, die sich um die Pfeiler gewunden und mit dazu beigetragen hatte, daß diese eingestürzt war. Jetzt war sie allerdings seit langem verdorrt. Keine einzige Ameise war zu sehen, keine Spinne und auch kein anderes Getier, das man sonst in verlassenen Gemäuern findet. Und an den Stellen, wo man zwischen den zerbrochenen Steinen die nackte Erde sah, wuchs weder Gras noch Moos. Alles wirkte so trostlos und so gleichförmig, daß sich sogar Digory Gedanken machte, ob sie nicht besser die gelben Ringe anstecken sollten, um in den warmen, lebendigen Wald zwischen den Welten zurückzukehren. Doch da kamen sie vor zwei riesigen Metalltüren an, die so aussahen, als bestünden sie aus Gold. Eine der beiden Türen war nicht ganz geschlossen, und so warfen sie einen Blick hinein. Beide fuhren zurück und japsten nach Luft: hier gab es endlich etwas zu sehen.

Einen Augenblick lang dachten sie, der Raum sei voll mit Menschen – da saßen Hunderte von Gestalten, und keine rührte sich. Wie ihr euch denken könnt, rührten sich auch Polly und Digory nicht. Lange standen sie und starrten. Doch nach einem Weilchen wurde ihnen klar, daß das keine richtigen Menschen sein konnten, denn alle saßen absolut regungslos und ohne zu atmen. Sie sahen aus wie die schönsten Wachsfiguren, die ihr jemals gesehen habt.

Diesmal ging Polly voraus, denn hier gab es etwas, was ihr Interesse erweckte, mehr als das bei Digory der Fall war. All diese Gestalten trugen nämlich die wunderbarsten Gewänder. Wenn man sich auch nur ein klein bißchen für Kleider interessierte, dann mußte man einfach näher hingehen und sie genauer betrachten. Zwar wirkte der Raum nicht gerade freundlich, auch wenn die Gewänder so herrlich bunt waren, aber wenigstens wirkte er reich und majestätisch, nach all dem Staub und der Verlassenheit des Vorherigen. Mehr Fenster gab es hier auch, und dadurch viel mehr Licht.

Die Gewänder und die Kronen waren so prächtig, man kann es kaum beschreiben. Blutrot, silbergrau, strahlend grün und purpurn waren die Stoffe, manche mit Mustern, andere über und über mit Blumen und eigenartigem Getier bestickt. Von den Kronen blitzten riesige, kostbare Edelsteine, am Hals funkelte das Geschmeide, und die Gewänder wurden von blitzenden Spangen gehalten.

»Warum sind die Gewänder denn nicht schon längst vermodert?« fragte Polly.

»Spürst du nicht die Zauberkraft?« wisperte Digory. »Ich möchte wetten, der ganze Raum strotzt vor Zauberkraft. Das habe ich sofort gespürt, als wir reinkamen.«
»Jedes einzelne von diesen Gewändern ist ein paar hundert Pfund wert«, meinte Polly.
Aber Digory interessierte sich eher für die Gesichter, und die waren auch wirklich betrachtenswert. Zu beiden Seiten der Halle saßen die Gestalten auf steinernen Stühlen, und wenn man durch den Gang in der Mitte lief, konnte man sich jedes Gesicht der Reihe nach ansehen.
»Ich glaube, diese Leute hier waren ganz nett«, meinte Digory.
Polly nickte. Die Gesichter, die sie bisher betrachtet hatten, waren wirklich nicht schlecht. Die Männer und die Frauen sahen freundlich aus und klug. Außerdem hatten sie sehr schöne Gesichtszüge. Doch ein paar Stufen tiefer veränderte sich das Bild. Die Gesichter der Leute, die hier saßen, waren ausgesprochen ernsthaft und feierlich, und die beiden Kinder wußten, sie müßten ihre Zunge im Zaum halten, sollten sie jemals einen wirklichen Menschen treffen, der so aussah wie die hier. Noch ein Stückchen weiter, etwa zur Mitte der Halle hin, stießen sie auf Gesichter, die ihnen gar nicht gefielen. Mächtige Gesichter waren das, stolz und glücklich, aber voller Grausamkeit. Und sie wurden noch grausamer, je weiter die beiden kamen. Bald darauf war jegliches Glück von den Gesichtern verschwunden, nur noch grausam und voller Verzweiflung waren sie, als hätten die Leute, denen diese Gesichter gehörten, Schreckliches vollbracht und Schreckliches erlitten. Die letzte Gestalt war am allerinteressantesten. Eine Frau war es, noch üppiger bekleidet als die anderen, noch größer auch, dabei waren alle hier sowieso schon wesentlich größer als die Menschen unserer Welt. Und in dem Gesicht dieser Frau lag eine solche Wildheit und ein solcher Stolz, daß es einem den Atem benahm. Dennoch war sie schön. Viele Jahre später, als Digory ein alter Mann war, sagte er, so eine schöne Frau hätte er nie mehr gesehen. Doch der Gerechtigkeit halber muß ich hinzufügen, daß Polly immer behauptete, sie hätte die Frau gar nicht so besonders schön gefunden.
Wie gesagt, diese Frau war die letzte in der Reihe. Neben ihr standen noch viele leere Stühle, als wäre der Raum dazu bestimmt gewesen, noch vielen von diesen Gestalten Platz zu bieten.

»Ich möchte bloß wissen, was hinter dieser ganzen Sache steckt«, sagte Digory. »Komm, wir gehen zurück zu dem tischähnlichen Gebilde.«
Das, was da in der Mitte der Halle stand, war eigentlich kein Tisch. Es war eine viereckige, ungefähr ein Meter zwanzig hohe Säule, über der sich ein kleiner goldener Rundbogen erhob, mit einem goldenen Glöckchen daran. Daneben lag ein goldenes Hämmerchen.
»Wenn ich nur wüßte ... wenn ich nur wüßte ...« überlegte Digory.
»Hier scheint etwas eingraviert zu sein«, bemerkte Polly. Sie beugte sich nieder und betrachtete den Pfeiler.
»Heiliger Bimbam! Du hast recht!« sagte Digory. »Aber natürlich können wir es nicht lesen.«
»Meinst du? Vielleicht doch?« Polly war anderer Meinung.
Beide starrten. Tatsächlich sahen die in den Stein gehauenen Schriftzeichen äußerst eigenartig aus. Doch da geschah ein großes Wunder. Während sie starrten, merkten sie, daß ihnen die Bedeutung der Zeichen langsam klar wurde, obwohl sich die Zeichen selbst nicht veränderten. Wenn nur Digory sich noch an seinen Ausspruch von vorhin erinnert hätte, dies sei ein verzauberter Raum, dann hätte er sich denken können, daß der Zauber jetzt langsam zu wirken begann. Aber er war so von seiner Neugier gefangengenommen, daß er daran gar nicht dachte. Er wollte unbedingt wissen, was da auf der Säule stand. Und schon bald darauf erfuhren sie es alle beide. Zwar kann man die Worte, die in der Halle zu lesen waren, nicht wirklich wiedergeben, aber sinngemäß lautete der Spruch etwa so:

Schlag die Glocke, ruf die Gefahr,
Oder schlag sie nicht, doch dann fürwahr
Wirst du dich bis zum Wahnsinn fragen,
Was geschehn wäre, hättst du sie geschlagen.

»Auf Gefahr können wir verzichten. Das steht fest«, sagte Polly.
»Polly! Verstehst du denn nicht? Wir können doch jetzt nicht mehr zurück!« protestierte Digory. »Sonst fragen wir uns bis in alle Ewigkeit, was wohl passiert wäre, wenn wir geläutet hätten. Ich will nicht nach Hause zurück und wahnsinnig werden, nur weil ich an nichts anderes mehr denken kann. Das steht ebenfalls fest!«

»Jetzt red doch keinen solchen Mist!« schimpfte Polly. »Weshalb sollst du denn wahnsinnig werden? Es kann uns doch völlig egal sein, was passiert wäre, wenn ...«
»Ich glaube, wenn man erst mal so weit gekommen ist wie wir, dann muß man anschließend so lange darüber nachdenken, bis man tatsächlich wahnsinnig wird. Das ist die Zauberei dabei. Ich merke es, bei mir wirkt sie schon langsam.«
»*Ich* spüre nichts!« Polly war böse. »Und ich glaube auch nicht, daß es bei dir wirkt. Ich glaube, daß du nur so tust.«
»Das sagst *du*«, sagte Digory. »Das kommt daher, daß du ein Mädchen bist. Mädchen interessieren sich für gar nichts, höchstens für Klatsch und Tratsch. Wer sich mit wem verlobt hat und so.«
»Wenn du so redest, machst du das gleiche Gesicht wie dein Onkel Andrew«, sagte Polly.
»Warum bleibst du nicht beim Thema?« wollte Digory wissen. »Wir haben darüber gesprochen ...«
»Typisch Mann«, erklärte Polly, und sie klang ziemlich erwachsen dabei. Doch dann fügte sie rasch mit ihrer eigenen Stimme hinzu: »Und jetzt sag bloß nicht ›typisch Frau‹! Das wäre wirklich gemein!«
»Fiele mir nicht im Traum ein. So eine Göre wie dich soll ich Frau nennen?« fragte Digory herablassend.
»So? Eine Göre bin ich also?« gab Polly zurück. Jetzt wurde sie wirklich wütend. »Na gut! Ich will nicht, daß du dich weiterhin mit einer Göre abgeben mußt. Ich verschwinde. Ich habe genug von diesem Ort hier. Und von dir auch – du ekelhafter, arroganter, eigensinniger Kerl!«
»Kommt nicht in Frage!« sagte Digory, und seine Stimme klang noch ekelhafter, als er eigentlich beabsichtigte. Er hatte nämlich gesehen, daß Polly die Hand in die Tasche stecken wollte, um den gelben Ring anzustecken. Eigentlich gibt es keine Entschuldigung für das, was er jetzt tat. Höchstens könnte man anführen, daß es ihm später sehr leid tat. Und nicht nur ihm allein. Bevor Polly in die Tasche greifen konnte, packte er sie am Handgelenk, wehrte mit seinem anderen Ellbogen ihren anderen Arm ab, beugte sich vor, nahm das Hämmerchen und schlug damit leicht gegen die goldene Glocke. Erst dann ließ er Polly wieder los. Atemlos standen sie sich gegenüber und starrten sich an.

Polly begann zu weinen. Nicht aus Furcht, und auch nicht deshalb, weil ihr Handgelenk ziemlich weh tat, nein, sie weinte vor Wut. Doch schon ein paar Sekunden später passierte etwas, was sie ihren Streit total vergessen ließ.

Als Digory die Glocke berührte, erklang ein süßer, sanfter Ton. Doch dieser Ton verklang nicht – nein, er wurde immer lauter und lauter. Nicht mal eine Minute war vergangen, da war er schon doppelt so laut wie am Anfang. Und gleich darauf war er schon so laut, daß die Kinder sich nicht mehr hätten hören können, hätte einer von ihnen etwas sagen wollen. Aber die beiden standen ohnehin nur da und rissen den Mund auf. Kurz darauf hätten sie sich nicht einmal mehr schreiend verständigen können, und dabei wurde es immer noch lauter und lauter. Nur dieser eine, fortwährende, süße Ton war zu hören, der gleichwohl etwas Schreckliches an sich hatte. Schließlich pulsierte die ganze Luft in der riesigen Halle, und unter ihren Füßen bebte der Steinfußboden. Schließlich gesellte sich noch ein weiterer Klang hinzu: ein unbestimmtes, unheilverkündendes Brausen. Zuerst hörte es sich an wie das Donnern eines in der Ferne vorbeifahrenden Zuges, dann klang es, als stürze irgendwo ein Baum um, und dann hörten sie, wie irgendwo irgend etwas Schweres herunterfiel. Mit einem plötzlichen Donnerschlag und mit einem Beben, das die beiden fast umwarf, stürzte ein Teil der Decke ein. Riesige Steinblöcke fielen herab, die Wände wankten. Die Glocke verstummte, die Staubwolken setzten sich, und alles wurde wieder still.

Ob die Decke nun durch Zauberkraft eingestürzt war oder ob es der unvorstellbar laute Ton der Glocke gewesen war, der den baufälligen Mauern den Rest gegeben hatte, das war nie festzustellen.

»So! Ich hoffe, jetzt bist du zufrieden!« keuchte Polly.

»Na ja, jetzt ist ja alles vorbei«, entgegnete Digory.

Der Meinung waren sie alle beide. Aber da irrten sie sich ganz gewaltig.

Die Kinder standen einander auf beiden Seiten des Glöckchens gegenüber. Zwar schwieg es jetzt, doch es vibrierte noch immer. Plötzlich hörten sie vom anderen Ende der Halle her, von dort, wo sie noch unbeschädigt stand, ein leises Geräusch. Blitzschnell drehten die beiden sich um. Eine der prächtig gekleideten Gestalten erhob sich gerade aus ihrem Stuhl. Die Frau am Ende der Reihe war es, die Digory so wunderschön gefunden hatte. Als sie aufrecht stand, da sahen Polly und Digory, daß sie sogar noch größer war, als sie gedacht hatten. Nicht nur an ihrer Krone und ihren Gewändern, sondern auch am Blitzen ihrer Augen und an der Linie ihres Mundes konnte man sofort ablesen, daß sie eine mächtige Königin sein mußte. Sie schaute sich in der halb eingestürzten Halle um, dann fiel ihr Blick auf die Kinder. Doch ihr Gesicht blieb unbewegt, und es zeigte keinerlei Überraschung. Mit weit ausholenden, raschen Schritten kam sie näher.
»Wer hat mich erweckt? Wer hat den Zauber gebrochen?« fragte sie.
»Ich glaube, das muß ich gewesen sein«, entgegnete Digory.
»Du?« fragte die Königin und legte die Hand auf seine Schulter – eine wunderschöne weiße Hand, die sich jedoch anfühlte wie eine stählerne Zange. »Du? Du bist doch nur ein Kind, ein ganz gewöhnliches Kind! Gleich auf den ersten Blick kann man sehen, daß in deinen Adern nicht ein einziger Tropfen königlichen oder edlen Blutes fließt. Wie kannst du es wagen, dieses Gebäude zu betreten?«
»Wir sind durch Zauberkraft aus einer anderen Welt hierhergekommen«, erklärte Polly, die der Meinung war, es sei höchste Zeit, daß die Königin nicht nur Digory, sondern auch ihr Beachtung schenkte.
»Stimmt das?« fragte die Königin, zu Digory gewandt, ohne Polly auch nur einen einzigen Blick zuzuwerfen.
»Ja, das stimmt«, bestätigte er.
Die Königin legte ihm die andere Hand unters Kinn und hob es an, damit sie sein Gesicht besser sehen konnte. Digory versuchte, ihren Blick zu erwidern, aber schon nach kürzester Zeit mußte er die Augen senken, denn in ihren Augen lag etwas, dem er sich nicht gewachsen fühlte. Nachdem sie ihn lange durchdringend angestarrt hatte, ließ sie sein Kinn los und sagte:

»Du bist kein Zauberer. Du trägst das Zeichen nicht. Du mußt der Diener eines Zauberers sein. Du bist mit dem Zauber eines andern hierher gekommen.«

»Mein Onkel Andrew war es«, erklärte Digory.

In diesem Augenblick erklang von draußen, aber ganz aus der Nähe, ein Grollen, ein Knirschen und dann das Krachen einstürzender Mauern. Unter ihren Füßen bebte die Erde.

»Wir sind in großer Gefahr«, sagte die Königin. »Der ganze Palast stürzt ein. Wenn wir nicht schnell von hier verschwinden, dann wird uns das Geröll unter sich begraben.« Sie sprach so ruhig, als rede sie lediglich darüber, wie spät es jetzt sei. »Kommt!« befahl sie und streckte die Hände nach den Kindern aus. Polly schmollte. Sie mochte die Königin nicht, und wenn sie die Wahl gehabt hätte, würde sie deren Hand nicht genommen haben. Aber obwohl die Königin ruhig sprach, waren ihre Bewegungen so blitzschnell wie ein Gedanke. Bevor Polly wußte, wie ihr geschah, wurde ihre linke Hand von einer so viel größeren und kräftigeren Hand gepackt, daß sie sich nicht dagegen wehren konnte.

Eine schreckliche Frau ist das, dachte Polly. Sie ist so stark, daß sie mir mit einem Ruck den Arm brechen könnte. Und jetzt, wo sie meine linke Hand hält, komme ich nicht mehr an meinen gelben Ring. Und wenn ich versuche, mit der rechten Hand in die linke Tasche zu greifen, dann will sie sicher sofort wissen, was ich da mache. Was auch immer passieren mag – von den Ringen dürfen wir ihr nichts verraten. Hoffentlich hat Digory so viel Grips, daß er den Mund hält. Wenn ich doch nur ein paar Worte mit ihm reden könnte, ganz allein!

Die Königin führte die beiden aus der Halle mit den Standbildern hinaus in einen langen Gang und dann durch ein Gewirr von weiteren Räumen, Treppenschluchten und Höfen. Immer wieder und wieder war zu hören, wie weitere Mauern des riesigen Palasts einstürzten – manchmal ganz in der Nähe. Einmal brach donnernd ein riesiger Torbogen hinter ihnen zusammen, Sekunden nachdem sie darunter durchgegangen waren. Die Königin ging sehr schnell, und die Kinder mußten laufen, um mit ihr Schritt zu halten. Doch sie zeigte keinerlei Furcht. Digory dachte: Wie mutig sie ist! Und wie stark! Eine richtige Königin! Ich hoffe, sie erzählt uns, was es mit diesem Platz hier auf sich hat.

Ein paar Dinge erzählte sie den Kindern unterwegs tatsächlich. »Diese Tür führt zu den Kerkern«, sagte sie etwa, »und die da drüben zu den Folterkammern.« Oder: »Das war die Festhalle, in die mein Vater siebenhundert Edle zu einem Feste lud und alle tötete, noch bevor sie sich sattgetrunken hatten. Sie hegten aufrührerische Gedanken.«

Schließlich kamen sie zu einer Halle, die größer und höher war als alle, die sie bisher gesehen hatten. An der Größe und an den riesigen Toren am anderen Ende meinte Digory ablesen zu können, daß sie endlich am Haupteingang angekommen waren. Und da hatte er ganz recht. Die Tore waren rabenschwarz, und sie mußten aus Ebenholz bestehen oder aus einem schwarzen Metall, das es in unserer Welt nicht gibt. Sie waren mit riesigen Querbalken verschlossen, von denen die meisten so hoch saßen, daß man sie nicht erreichen konnte. Und alle waren sie zu schwer zum Anheben. Wie sollten sie da wohl hinauskommen, fragte sich Digory.

Die Königin ließ seine Hand los und hob den Arm. Hochaufgerichtet und starr stand sie da. Sie sagte etwas, das die beiden nicht verstehen konnten, doch es hörte sich ganz gräßlich an. Und dann machte sie eine Bewegung, als wolle sie etwas gegen das Tor schleudern. Einen Augenblick lang erbebten die hohen und schweren Türen, als bestünden sie aus Seide. Dann sanken sie in sich zusammen, bis nur noch ein Häufchen Asche übrigblieb.

Digory stieß vor Bewunderung einen Pfiff aus.

»Hat dieser Meister der Magie, dein Onkel, auch solche Macht wie ich?« fragte die Königin und packte Digorys Hand mit festem Griff. »Doch das werde ich später erfahren. Mittlerweile solltet ihr nicht vergessen, was ihr gesehen habt. So gehe ich mit Dingen und mit Menschen um, die sich mir in den Weg stellen.«

Durch die offenen Tore fiel mehr Licht herein, als sie bisher in dieser Stadt gesehen hatten, und als die Königin sie über die Schwelle führte, überraschte es die Kinder nicht sonderlich, daß sie plötzlich im Freien standen. Ein kalter, aber irgendwie schaler Wind blies ihnen entgegen. Von einer hohen Terrasse blickten sie hinab auf ein weites Land.

Tief unter ihnen, nahe am Horizont, hing eine riesige rote Sonne, weit größer als die unsere. Digory spürte sofort, daß sie älter sein mußte als die unsere, daß es eine Sonne war, die kurz vor dem Tod stand, die es müde ist, auf diese Welt herunterzublicken. Zur Linken der Sonne stand ein wenig höher am Himmel groß und strahlend ein einziger Stern. Abgesehen von diesem gespenstischen Paar war sonst nichts am dunklen Himmel zu sehen. Und auf der Erde erstreckte sich nach allen Seiten, so weit das Auge reichte, eine riesige Stadt, in der es kein einziges Lebewesen zu geben schien. Und all die Tempel, Türme, Paläste, die Pyramiden und Brücken warfen im Licht dieser verglühenden Sonne lange, schreckenerregende Schatten. Einst war ein großer Fluß durch die Stadt geflossen, doch das Wasser war längst vertrocknet, und nur ein staubgraues Flußbett war übriggeblieben.

»Betrachtet gut, was kein Auge jemals mehr betrachten wird«, sagte die Königin. »Das war Charn, die prächtige Stadt, die Stadt des Königs der Könige, das größte Wunder dieser Welt, vielleicht sogar aller Welten. Regiert dein Onkel auch eine so große Stadt, mein Junge?«

»Nein«, entgegnete Digory. Gerade wollte er erklären, daß sein Onkel Andrew überhaupt keine Stadt regierte, doch da fuhr die Königin auch schon fort:

»Jetzt ist alles still hier. Doch ich habe zu Zeiten hier gestanden, als die Luft erfüllt war vom Lärm der Stadt; da stampften Füße, knarrten Räder, da klatschten Peitschen, stöhnten Sklaven, da klapperten Wagenräder, dröhnten die Zeremonientrommeln in den Tempeln. Ich habe hier gestanden – doch das war nahe dem Ende –, als aus allen Straßen Kampfgeräusche hallten und der Fluß Charn rotes Wasser führte.« Sie machte eine kurze Pause und fuhr dann fort: »In einem einzigen Augenblick hat eine Frau alles ausgelöscht.«

»Wer war das?« fragte Digory mit schwacher Stimme, doch die Antwort kannte er eigentlich schon.

»Ich«, sagte die Königin. »Ich, Jadis, die letzte Königin, doch Königin über die ganze Welt.«

Die beiden Kinder standen da und schwiegen. Sie zitterten im kalten Wind.

»Es war die Schuld meiner Schwester«, erklärte die Königin. »Sie hat mich dazu getrieben. Möge der Fluch aller Mächte für immer und ewig auf ihr lasten! Ich war stets bereit, mich mit ihr zu versöhnen – ja sogar das Leben wollte ich ihr schenken, wenn sie mir nur den Thron abgetreten hätte. Aber das tat sie nicht. Ihr Stolz ist es, der die Zerstörung der ganzen Welt herbeigeführt hat. Selbst nach dem Beginn des Krieges bestand der feierliche Schwur, daß weder sie noch ich die Magie zu Hilfe nehmen wollte. Was sollte ich tun, als sie ihr Versprechen brach? Närrin! Als hätte sie nicht gewußt, daß meine Zauberkunst mächtiger war als die ihre! Sie wußte sogar, daß ich um das Geheimnis des ›Unaussprechlichen Worts‹ wußte. Dachte sie, ich würde es nicht benutzen? Feige war sie ja schon immer.«

»Wie lautete es?« fragte Digory.

»Das war das Geheimnis aller Geheimnisse«, erklärte Königin Jadis. »Den großen Königen unseres Bluts war schon seit ewigen Zeiten bekannt, daß es ein Wort gab, das – von den entsprechenden Zeremonien begleitet – jede lebende Kreatur vernichtete, außer der, die es sprach. Doch die alten Könige waren schwach und kleinmütig und banden sich und alle, die nach ihnen kamen, mit mächtigen Schwüren an die Verpflichtung, nicht einmal danach zu trachten, das Wort zu erfahren. Mir wurde es an einem geheimen Ort offenbart, und für dieses Wissen mußte ich einen schrecklichen Preis bezahlen. Ich habe es erst benutzt, als meine Schwester mich dazu zwang. Ich habe gekämpft und gekämpft, um sie mit anderen Mitteln zu besiegen. Ich habe das Blut meiner Heere vergossen, als wäre es Wasser . . .«

»Ekelhaftes Geschöpf!« murmelte Polly.

»Die letzte große Schlacht wütete drei Tage lang in dieser Stadt. Drei Tage lang habe ich von dieser Stelle aus zugesehen. Ich habe meine Macht erst benutzt, als der letzte Soldat gefallen war und dieses verfluchte Weib, meine Schwester, an der Spitze ihrer Rebellen diese große Treppe bestieg, die von der Stadt heraufführt zur Terrasse. Ich wartete, bis sie so nah war, daß wir uns ins Gesicht sehen konnten. Sie funkelte mich mit ihren bösen Augen an und sagte: ›Sieg.‹ – ›Ja‹, sagte ich, ›Sieg. Doch nicht deiner.‹ Und dann sprach ich das Unaussprechliche Wort. Einen Augenblick später war ich das einzige Lebewesen unter der Sonne.«

»Und was geschah mit all den anderen Lebewesen?« Digory war entsetzt.

»Mit welchen Lebewesen?« fragte die Königin.

»Mit den ganz normalen Leuten, die Ihnen nie was zuleide getan haben«, sagte Polly. »Mit all den Frauen und Kindern, mit den Tieren?«

»Versteht ihr denn nicht?« sagte die Königin, immer noch zu Digory gewandt. »Ich war doch die Königin. Sie gehörten alle mir. Sie waren doch zu keinem anderen Zweck da, als mir zu Willen zu sein.«
»Trotzdem, es muß schrecklich gewesen sein für sie«, sagte er.
»Ich hatte vergessen, daß du nur ein gewöhnlicher Junge bist. Wie solltest du auch etwas über staatspolitische Hintergründe wissen? Du mußt lernen, daß das, was für dich und Leute deines Schlags verboten ist, durchaus erlaubt sein kann für eine mächtige Königin wie mich. Auf unseren Schultern ruht die Last der Welt. Wir sind von allen Gesetzen entbunden. Unser Los ist bedeutungsschwer und voller Einsamkeit.«
Digory fiel plötzlich ein, daß Onkel Andrew genau die gleichen Worte benutzt hatte. Aber jetzt, wo Königin Jadis sie aussprach, klangen sie viel erhabener. Vielleicht lag das daran, daß Onkel Andrew viel kleiner und auch nicht strahlend schön war, so wie sie.
»Und was haben Sie dann gemacht?« fragte Digory.
»Die Halle, in der die Abbilder meiner Ahnen sitzen, hatte ich schon mit einem mächtigen Zauber belegt. Und dieser Zauber besagte, daß ich bei ihnen schlafen mußte wie ein Abbild, ohne Nahrung oder Wärme zu benötigen, möge es auch tausend Jahre währen, bis jemand kommt, der mich mit dem Klang der Glocke erweckt.«
»Ist das Unaussprechliche Wort schuld, daß die Sonne so komisch aussieht?« erkundigte sich Digory.
»Inwiefern sieht sie denn komisch aus?« fragte Jadis.
»Sie ist so groß, so rot und so kalt.«
»So war sie schon immer«, entgegnete Jadis. »Zumindest seit Hunderttausenden von Jahren. Habt ihr eine andere Sonne in eurer Welt?«
»Ja. Sie ist kleiner und gelber. Und sie gibt viel mehr Hitze ab.«
Die Königin stieß ein langgezogenes »A – a – ah!« aus. Auf ihrem Gesicht entdeckte Digory denselben hungrigen, gierigen Ausdruck wie erst vor kurzer Zeit auf dem seines Onkels. »So«, sagte sie. »Eure Welt ist also jünger.«
Sie schwieg einen Augenblick und betrachtete noch einmal die verlassene Stadt. Sofern es ihr leid tat, daß sie so viel Böses hier angerichtet hatte, ließ sie sich zumindest nichts anmerken. Dann sagte sie:
»So, wir wollen gehen. Es ist kalt hier, jetzt, am Ende aller Zeiten.«
»Wohin gehen wir?« fragten Digory und Polly gemeinsam.

»Wohin?« wiederholte Jadis überrascht. »In eure Welt natürlich.«
Polly und Digory sahen einander entsetzt an. Polly hatte die Königin gleich von Anfang an nicht leiden mögen, und jetzt, nachdem Digory die ganze Geschichte wußte, hatte auch er die Nase voll von ihr. Jadis gehörte ganz gewiß nicht zu den Leuten, die man gern nach Hause mitnimmt. Und selbst wenn, so hätten sie gar nicht gewußt, wie sie das bewerkstelligen sollten. Vor allem wollten sie selbst von hier verschwinden: allerdings kam Polly nicht an ihren Ring, und allein konnte sich Digory natürlich auch nicht verdrücken.
Digory wurde ganz rot im Gesicht und stammelte: »Oh – oh – unsere Welt. Ich – ich wußte nicht, daß Sie da hinwollen.«
»Wieso sollte euch einer hierherschicken, wenn nicht aus dem Grund, um mich zu holen?« fragte Jadis.
»Ich bin sicher, daß Ihnen unsere Welt gar nicht gefiele«, sagte Digory. »Es ist nicht der richtige Platz für Sie, was meinst du, Polly? Unsere Welt ist ausgesprochen langweilig und eigentlich überhaupt nicht sehenswert.«
»Sie wird bald sehenswert werden, wenn ich sie regiere«, erwiderte die Königin.
»Oh, das geht nicht«, protestierte Digory. »Bei uns ist alles ganz anders! Das würde man Ihnen nicht gestatten.«
Die Königin lächelte höhnisch. »Viele mächtige Könige dachten, sie könnten sich gegen das Königshaus von Charn stellen. Aber alle fielen, und selbst ihre Namen sind in Vergessenheit geraten. Törichter Knabe! Glaubst du nicht, daß mir – mit meiner Schönheit und meiner Zauberei – eure ganze Welt zu Füßen liegen wird, noch bevor ein Jahr verstrichen ist? Sagt eure Zaubersprüche auf und bringt mich hin! Sofort!«
»Das ist ja entsetzlich!« stöhnte Digory, zu Polly gewandt.
»Vielleicht sorgt ihr euch ja um euren Onkel«, sagte Jadis. »Doch wenn er mir die gebührende Ehre zollt, dann soll er sein Leben und seinen Thron behalten. *Ihn* will ich nicht bekämpfen. Er muß ein großer Zauberer sein, wenn er einen Weg gefunden hat, euch hierherzuschikken. Ist er König über eure ganze Welt, oder regiert er nur einen Teil davon?«
»Er ist überhaupt kein König«, erklärte Digory.
»Du lügst«, sagte die Königin. »Ist die Magie nicht immer an königli-

ches Blut gebunden? Wer hätte jemals von einem gewöhnlichen Menschen gehört, der Zauberer ist? Ich kenne die Wahrheit, ob du sie nun zugibst oder nicht. Dein Onkel ist der mächtige König und der mächtige Zauberer eurer Welt. Durch seine Kunst hat er den Schatten meines Gesichts gesehen, sei es in einem Zauberspiegel, sei es in einem Zauberteich, und aus Liebe zu meiner Schönheit hat er einen wirksamen Zauberspruch gefunden, der eure Welt bis in die Grundfesten erschütterte. Und dann hat er euch über den weiten Strom zwischen den Welten gesandt, um meine Gunst zu erbitten und mich zu ihm zu bringen. Antwortet mir: Ist es nicht so gewesen?«

»Na ja, *nicht ganz*«, sagte Digory.

»Nicht ganz?« schrie Polly. »Also das ist absoluter Quatsch, von vorn bis hinten!«

»Elende! Du wagst es?« schrie die Königin. Sie drehte sich voller Wut zu Polly um und packte sie an den Haaren – und zwar ganz oben auf dem Kopf, dort, wo es am meisten weh tut. Doch dabei ließ sie die Hände der Kinder los.

»Jetzt!« rief Digory.

»Schnell!« schrie Polly. Wie der Blitz steckten sie die linke Hand in die Tasche, und in dem Augenblick, in dem sie die Ringe berührten, versank diese trostlose Welt vor ihren Augen. Sie sausten aufwärts, auf das warme grüne Licht zu, das immer näher kam.

Onkel Andrew hat Probleme

»Laß los! Laß doch los!« kreischte Polly.

»Ich faß dich doch gar nicht an!« wehrte sich Digory.

Dann durchstießen sie die Wasseroberfläche des Teichs, und wieder waren sie ringsumher von der sonnigen Stille des Waldes zwischen den Welten umgeben. Jetzt, nach der dumpfen Leblosigkeit und dem Verfall der Welt, aus der sie soeben kamen, erschien ihnen der Wald noch üppiger und wärmer und friedlicher als jemals zuvor. Wenn es möglich gewesen wäre, hätten sie sicher wieder vergessen, wer sie waren und woher sie kamen, hätten sich wohlig ins Gras gelegt und im Dämmerschlaf dem Wachsen der Bäume gelauscht. Doch diesmal blieben sie hellwach, denn gleich als sie auf dem grasbewachsenen Ufer anlangten, stellten sie fest, daß sie nicht allein waren. Die Königin – oder die Hexe, je nachdem, wie man sie nennen will – war ebenfalls mitgekommen, denn sie hatte sich an Pollys Haar festgehalten. Deshalb hatte Polly »Laß los!« gerufen.

Das bewies im übrigen, daß die Ringe eine weitere Eigenschaft besaßen, von der Onkel Andrew Digory nichts gesagt hatte, weil er nämlich selbst nichts davon wußte. Man brauchte nicht unbedingt einen eigenen Ring, um von einer Welt zur anderen zu gelangen. Es reichte, wenn man sich an jemandem festhielt, der selbst einen Ring berührte. Es funktionierte so ähnlich wie ein Magnet: wenn man den an eine Nadel hält, dann bleiben all die anderen Nadeln ebenfalls hängen, welche die erste Nadel berühren.

Jetzt im Wald sah Königin Jadis total anders aus. Sie war viel blasser als zuvor; so blaß, daß von ihrer Schönheit fast nichts mehr zu sehen war. Sie stand vornübergebeugt und schien kaum noch Luft zu kriegen. Jetzt hatten die beiden überhaupt keine Angst mehr vor ihr.

»Lassen Sie mich los! Lassen Sie mein Haar los!« befahl Polly. »Was soll denn das?«

»He! Lassen Sie Pollys Haar los! Sofort!« befahl Digory.

Beide drehten sich um und begannen, mit der Königin zu raufen. Jetzt waren die Kinder stärker, und schon bald mußte Jadis loslassen. Keuchend taumelte sie zurück. In ihren Augen lag panische Angst.

»Schnell, Digory!« rief Polly. »Wir müssen die Ringe wechseln und in den Teich springen, der nach Hause führt!«

»Hilfe! Hilfe! Gnade!« flehte die Königin mit schwacher Stimme und kam hinter ihnen hergetaumelt. »Nehmt mich mit! Ihr könnt mich doch nicht an diesem gräßlichen Ort zurücklassen! Er bringt mich um!«

»Hier geht es um staatspolitische Hintergründe!« sagte Polly gehässig. »So wie damals, als Sie all die Leute in Ihrer eigenen Welt umgebracht haben. Nun beeil dich doch, Digory!« Sie hatten schon ihre grünen Ringe angesteckt, doch Digory zögerte noch.

»Oje! Was sollen wir nur machen?« Trotz allem hatte er ein bißchen Mitleid mit der Königin.

»Stell dich doch nicht so idiotisch an!« sagte Polly. »Ich wette, die tut nur so. Nun komm schon!« Und dann hüpften sie beide in den Teich, der zurückführte in ihre eigene Welt. »Wie gut, daß wir ihn markiert haben«, überlegte sich Polly. Doch schon beim Hineinspringen spürte Digory, wie ihn ein großer, kalter Finger und ein Daumen am Ohrläppchen packten. Und der Griff wurde immer fester, während sie niedersanken und die undeutlichen Formen unserer eigenen Welt langsam wieder auftauchten. Offensichtlich schöpfte die Hexe neue Kraft. Digory wehrte sich und trat nach ihr, doch damit richtete er überhaupt nichts aus. Kurz darauf waren sie in Onkel Andrews Arbeitszimmer angelangt; und da stand auch Onkel Andrew und starrte die herrliche Kreatur an, die Digory von jenseits dieser Welt mitgebracht hatte.
Und da gab es auch einiges zu starren. Sogar Digory und Polly rissen die Augen auf. Die Hexe hatte ihren Schwächeanfall überwunden, daran gab es keinen Zweifel; und jetzt, wenn man sie in unserer eigenen Welt betrachtete, umgeben von ganz gewöhnlichen Dingen, da war sie atemberaubend. Schon in Charn hatte sie sehr beeindrukkend gewirkt, hier in London sah sie furchterregend aus. Erstens einmal war den beiden Kindern bisher nicht so recht klar geworden, wie schrecklich groß sie war. Fast unmenschlich, dachte Digory, als er sie ansah. Vielleicht hatte er damit sogar recht, denn manche behaupten, in den Adern der königlichen Familie von Charn flösse Riesenblut. Aber ihre Größe war noch gar nichts, verglichen mit ihrer Schönheit, ihrem Ungestüm und ihrer Wildheit. Sie sah zehnmal lebendiger aus als die meisten Bewohner Londons. Onkel Andrew verbeugte sich und rieb sich die Hände, und ehrlich gesagt sah er außerordentlich eingeschüchtert aus. Neben der Hexe wirkte er wie ein winziger Wicht, und doch bestand zwischen seinem Gesicht und dem der Hexe eine gewisse Ähnlichkeit, wie Polly später sagte. Es war ein gewisser Ausdruck, der allen bösen Zauberern eigen ist, das »Zeichen«, von dem Jadis gesagt hatte, sie könne es in Digorys Gesicht nicht finden. Ein Gutes hatte es ja, die beiden zusammen zu sehen – jetzt brauchten Digory und Polly keine Angst mehr zu haben vor Onkel Andrew, so wie man sich vor keinem Wurm fürchtet, wenn man erst mal eine Klapperschlange gesehen hat, und vor keiner Kuh, nachdem man einem wilden Bullen begegnet ist.

Puh! dachte Digory. *Der* will Zauberer sein? Verglichen mit dieser Hexe kann er einpacken!
Onkel Andrew rieb sich immer noch die Hände und verbeugte sich. Er mühte sich, etwas außerordentlich Höfliches zu sagen, doch er bekam nichts heraus, weil sein Mund so ausgetrocknet war. Sein Experiment mit den Ringen hatte offensichtlich mehr Erfolg gehabt, als ihm lieb war. Zwar hatte er seit Jahren mit der Zauberei herumgespielt, doch alle Gefahren hatte er immer soweit wie möglich anderen überlassen. So etwas wie jetzt war ihm noch nie zugestoßen.
Nun ergriff Jadis das Wort. Sie sprach nicht allzu laut, doch in ihrer Stimme lag etwas, das den ganzen Raum zum Erbeben brachte.
»Wo ist der Zauberer, der mich hierher gerufen hat in diese Welt?«
»Ah – ah – werte Dame«, keuchte Onkel Andrew. »Ich fühle mich außerordentlich geehrt – hocherfreut – ein unerwartetes Vergnügen – hätte ich nur Gelegenheit gehabt, Vorbereitungen zu treffen, ich ...«
»Wo ist der Zauberer, du Narr?« fragte Jadis.
»Ich – ich bin es, werte Dame. Ich hoffe, Sie verzeihen – eh – jedwede eigenhändige Entscheidung dieser ungezogenen Kinder. Ich versicherere Ihnen, es war nicht beabsichtigt ...«
»Du?« rief die Königin mit einer noch schrecklicheren Stimme. Dann durchquerte sie mit einem Schritt den Raum, packte Onkel Andrew an seinem grauen Haar und riß ihm den Kopf zurück, damit sie hinuntersehen konnte in sein Gesicht. Sie betrachtete es genau, so wie sie zuvor im Palast von Charn Digorys Gesicht betrachtet hatte. Onkel Andrew blinzelte nervös und fuhr sich unentwegt mit der Zunge über die Lippen. Endlich ließ sie ihn wieder los, und zwar so plötzlich, daß er rückwärts gegen die Wand taumelte.
»Ich sehe, daß du tatsächlich so etwas Ähnliches bist wie ein Zauberer«, sagte sie dann voller Zorn. »Steh gerade, du Hund, und lümmle nicht herum, als sprächst du mit deinesgleichen. Wie kommt es, daß du die Magie beherrschst? Du bist nicht von königlichem Geblüt, da bin ich ganz sicher.«
»Nun – äh – vielleicht nicht im wahrsten Sinn des Wortes«, stammelte Onkel Andrew. »Von königlicher Abstammung bin ich nicht gerade, werte Dame. Doch die Ketterleys sind eine sehr alte Familie. Eine alte Familie aus Dorsetshire, werte Dame.«

»Gib Ruhe«, befahl die Hexe. »Ich sehe, was du bist. Du bist ein kleiner, unbedeutender Zauberer, der sich nach Regeln und nach Büchern richtet. Die wahre Magie fließt nicht in deinem Blut, noch trägst du sie im Herzen. Die Leute deines Schlags wurden in meiner Welt schon vor tausend Jahren beseitigt. Doch hier werde ich dir gestatten, mein Diener zu sein.«
»Ich wäre überglücklich – entzückt wäre ich, Ihnen zu Diensten zu sein – es ist – eh – es ist mir ein Vergnügen, das versichere ich Ihnen.«
»Gib Ruhe! Du redest viel zuviel. Hör zu! Ich werde dir meinen ersten Auftrag erteilen. Ich sehe, daß wir uns in einer großen Stadt befinden. Du beschaffst mir jetzt sofort eine Kutsche, oder einen fliegenden Teppich, oder einen wohldressierten Drachen, oder was in deinem Land auch immer schicklich sein mag für Leute von königlichem und edlem Stand. Und dann bringst du mich dorthin, wo ich meiner Stellung angemessene Kleider und Juwelen und Sklaven bekomme. Morgen werde ich damit beginnen, diese Welt zu erobern.«
»Ich – ich – ich gehe sofort und besorge eine Droschke«, keuchte Onkel Andrew.
»Halt!« sagte die Hexe, gerade als er an der Tür angelangt war. »Laß es dir nicht einfallen, Verrat an mir zu üben. Meine Augen sehen durch jede Mauer und in jedes menschliche Gehirn. Sie werden auf dir ruhen, wo immer du stehst und gehst. Beim ersten Anzeichen von Ungehorsam werde ich dir einen Zauber auferlegen, so daß sich jeder Gegenstand, auf den du dich setzt, wie glühender Stahl anfühlen wird, und wenn du dich ins Bett legst, werden deine Füße unsichtbare Eisklumpen berühren. Und jetzt geh!«
Der alte Mann ging hinaus. Er sah aus wie ein Hund, der den Schwanz zwischen die Beine klemmt.
Die Kinder hatten Angst, Jadis wolle sie dafür, was sich kurz zuvor im Wald zugetragen hatte, zur Rechenschaft ziehen. Das tat sie jedoch nicht – weder jetzt noch später. Vermutlich war ihr Geist so geartet, daß sie den stillen Ort ganz vergessen hatte. Und wie oft man sie auch hinbringen mochte, und wie lange sie dort verweilte, so würde sie doch diesen Ort niemals im Sinn behalten. Die beiden beachtete sie nicht, jetzt, wo sie mit ihnen allein war. Das sah ihr ganz ähnlich. In Charn hatte sie Polly bis ganz zum Schluß keinerlei Beachtung geschenkt,

weil es Digory war, den sie benutzen wollte. Jetzt, wo sie Onkel Andrew hatte, war Digory völlig vergessen. So ist es vermutlich bei den meisten Hexen. Sie interessieren sich nur für Dinge oder Menschen, die ihnen etwas einbringen. Sie sind sehr praktisch veranlagt. Ein paar Minuten lang herrschte also Stille im Raum. Doch daran, wie Jadis mit der Fußspitze auf den Boden klopfte, konnte man ablesen, daß sie langsam ungeduldig wurde.

Nach einem Weilchen sagte sie mehr zu sich selbst als zu den Kindern: »Was treibt der alte Narr denn bloß? Ich hätte eine Peitsche mitbringen sollen.« Ohne den Kindern einen Blick zu schenken, verließ sie das Zimmer und folgte ihm nach.

»Puh!« seufzte Polly erleichtert. »Und jetzt muß ich heim. Es ist schon schrecklich spät. Bestimmt bekomme ich Schelte.«

»Aber du mußt wiederkommen, so schnell du nur kannst!« befahl Digory. »Es ist absolut grauenhaft, daß diese Hexe mit hierhergekommen ist. Wir müssen einen Plan machen.«

»Darum muß sich jetzt dein Onkel Andrew kümmern«, sagte Polly. »Er hat mit dieser ganzen Zauberei angefangen.«

»Aber trotzdem mußt du wiederkommen, hörst du? Verdammt, du kannst mich doch nicht in so einem Schlamassel allein sitzenlassen!«

»Ich gehe durch den Tunnel nach Hause«, erwiderte Polly ziemlich kühl. »Das ist am schnellsten. Meinst du nicht, du müßtest dich erst mal entschuldigen, wenn du willst, daß ich wiederkomme?«

»Entschuldigen?« rief Digory. »Also das ist wieder ganz typisch Mädchen! Was hab ich denn getan?«

»Oh, gar nichts natürlich«, entgegnete Polly höhnisch. »Nur das Handgelenk hast du mir fast abgerissen, in der Halle mit den Wachsfiguren, wie ein Feigling, der meint, er muß seine Kraft beweisen. Und die Glocke hast du geläutet, wie ein kompletter Vollidiot. Und im Wald hast du gezögert, damit die Hexe dich packen konnte, bevor wir in den Teich hüpften. Sonst gar nichts.«

»Oh«, meinte Digory äußerst überrascht. »Na gut, ich entschuldige mich hiermit. Und es tut mir wirklich leid, was in der Halle mit den Wachsfiguren passiert ist. So, jetzt habe ich mich also entschuldigt. Und nun sei so gut und komm wieder. Wenn du mich im Stich läßt, dann sitze ich ganz schön in der Tinte.«

»Ich weiß gar nicht, was *dir* passieren soll. Es ist doch dein Onkel, der auf glühend heißen Stühlen sitzt und Eisklumpen im Bett hat, oder nicht?«
»Das ist es nicht«, sagte Digory. »Ich mache mir Sorgen um meine Mutter. Nimm mal an, dieses Weib geht zu ihr ins Zimmer! Sie jagt meiner Mutter vielleicht einen solchen Schreck ein, daß sie stirbt.«
»Oh, jetzt verstehe ich, was du meinst«, sagte Polly. Ihre Stimme klang plötzlich ganz anders. »Na gut. Dann wollen wir uns wieder vertragen. Ich komme also wieder – wenn ich kann. Aber jetzt muß ich gehen.«
Sie kroch durch die kleine Tür hinaus in den Tunnel. Jetzt kam ihr der dunkle Gang, der ihnen doch vor ein paar Stunden so aufregend und abenteuerlich erschienen war, völlig ungefährlich und fast gemütlich vor.
Nun müssen wir uns wieder Onkel Andrew zuwenden. Sein armes altes Herz schlug rasend schnell, während er die Treppe hinunterstolperte. Unterwegs tupfte er sich ständig mit dem Taschentuch die Stirn. Als er ein Stockwerk tiefer in seinem Schlafzimmer angelangt war, schloß er die Tür hinter sich zu und stöberte als allererstes in seinem Schrank herum, um eine Flasche und ein Weinglas hervorzuholen, die er immer hier versteckt hielt, damit Tante Letty sie nicht fand. Er füllte das Glas mit so einem ekelhaften Zeug, wie es die Erwachsenen trinken, und stürzte es in einem einzigen Zug hinunter. Dann atmete er tief ein.
Ach du lieber Gott, sagte er zu sich. Ich bin völlig durcheinander. Ganz außer mir bin ich! Und das in meinem Alter!
Er schenkte sich ein zweites Glas ein, trank es aus, und dann begann er sich umzuziehen. Solche Kleider, wie er sie jetzt anzog, habt ihr noch nie gesehen, aber ich kann mich gerade noch daran erinnern. Er legte sich einen überaus hohen, glänzenden, steifen Kragen um, der so geartet war, daß man ständig das Kinn hochrecken mußte. Dann zog er noch eine weiße Weste an, mit einem Muster darauf, und legte seine goldene Uhrenkette darüber zurecht. Er schlüpfte in sein bestes langschößiges Jackett, das er sonst nur zu Hochzeiten und zu Beerdigungen trug. Als nächstes holte er seinen höchsten Zylinder und bürstete ihn sorgsam. Auf seine Kommode hatte Tante Letty eine Vase mit Blumen gestellt. Davon nahm er sich eine und steckte sie in sein Knopf-

loch. Aus der linken Kommodenschublade holte er sich ein sauberes, ganz wunderschönes Taschentuch, wie man es heutzutage gar nicht mehr zu kaufen kriegt, und spritzte ein paar Tropfen Duftwasser darauf. Dann klemmte er sich das Monokel mit dem dicken schwarzen Band ins Auge und betrachtete sich im Spiegel.

Genau wie die Kinder haben auch die Erwachsenen eine ganz bestimmte Art und Weise, sich völlig albern aufzuführen. Und so erging es in diesem Augenblick Onkel Andrew. Jetzt, wo er die Hexe in einem anderen Zimmer zurückgelassen hatte, vergaß er ganz und gar, welche Angst sie ihm eingejagt hatte. Er mußte nur noch an ihre große Schönheit denken. Er sagte sich immer wieder: Ein verdammt schönes Weib, mein Lieber, ein verdammt schönes Weib! Ein herrliches Geschöpf! Er hatte auch völlig vergessen, daß es ja die Kinder gewesen waren, die dieses herrliche Geschöpf angebracht hatten. Inzwischen war er der Meinung, er selbst habe sie mit seiner Zauberei aus einer fernen Welt herbeigerufen.

Andrew, mein Junge, sagte er sich, während er sich im Spiegel betrachtet, ein ausgesprochen guterhaltener Knabe bist du für dein Alter. Ein vornehmer Herr, ja wirklich.

Der törichte alte Mann bildete sich nämlich ein, die Hexe könne sich in ihn verlieben. Daran war vermutlich das Zeug schuld, das er eben getrunken hatte, und seine guten Kleider. Außerdem war er so eitel wie ein Pfau – deshalb war er auch Zauberer geworden.

Er schloß die Tür auf, ging nach unten, schickte das Dienstmädchen los, damit sie eine Droschke besorgte (in jenen Tagen hatten alle Leute noch eine Menge Dienstboten), und ging in den Salon. Dort fand er, wie erwartet, Tante Letty. Sie kniete vor dem Fenster und reparierte eine Matratze, die vor ihr auf dem Boden lag.

»Ah, Letitia, meine Liebe«, sagte Onkel Andrew. »Ich – ah – ich muß weg. Sei so lieb, mein Mädchen, und leih mir fünf Pfund oder so.«

»Nein, Andrew, mein Lieber«, sagte Tante Letty mit ruhiger und fester Stimme, ohne von ihrer Arbeit aufzusehen. »Ich hab dir doch schon hundertmal gesagt, daß ich dir kein Geld borge.«

»Sie doch nicht so störrisch, mein liebes Mädchen«, meinte Onkel Andrew. »Es ist äußerst wichtig. Du bringst mich in eine sehr unangenehme Lage, wenn du mir kein Geld gibst.«

»Andrew«, sagte Tante Letty, und dabei schaute sie ihm voll ins Gesicht. »Mich wundert, daß du dich nicht schämst, mich um Geld zu bitten.«
Hinter diesen Worten lag eine lange, äußerst langweilige Geschichte, so wie sie sich manchmal unter Erwachsenen zuträgt. Für euch ist daran nur interessant, daß Onkel Andrew dafür verantwortlich war, daß Tante Letty inzwischen um einiges ärmer dastand als dreißig Jahre zuvor. Er hatte sich nämlich verpflichtet gefühlt, sich um ihre Geldangelegenheiten zu kümmern. Gearbeitet hatte er auch nie, und er hatte riesige Rechnungen für Brandy und Zigarren zusammenkommen lassen, die Tante Letty immer wieder bezahlen mußte.
»Mein liebes Mädchen«, sagte Onkel Andrew. »Du verstehst nicht. Ich werde heute einige völlig unerwartete Ausgaben tätigen müssen. Ich muß einen Gast bewirten. Na komm schon, sei doch nicht so störrisch!«
»Und wen mußt du bewirten, Andrew, wenn ich fragen darf?« erkundigte sich Tante Letty.
»Eine – eine hochstehende Persönlichkeit ist eben eingetroffen.«
»Eine hochstehende Persönlichkeit? Unsinn!« sagte Tante Letty. »In der letzten Stunde hat es kein einziges Mal an der Haustür geklingelt.«
In diesem Augenblick wurde plötzlich die Tür aufgerissen. Tante Letty drehte sich um und sah zu ihrer Überraschung, daß eine riesige, prächtig gekleidete Frau mit nackten Armen und blitzenden Augen in der Tür stand. Es war die Hexe.

Was an der Haustür geschah

»Nun, Sklave, wie lange soll ich noch auf meine Kutsche warten?« donnerte die Hexe.
Onkel Andrew zog den Kopf ein und wich zurück. Jetzt, wo sich die Hexe im selben Zimmer mit ihm befand, verschwanden all die törichten Gedanken, die ihm eben noch durch den Kopf gegangen waren, während er sich im Spiegel betrachtet hatte. Tante Letty hingegen stand sofort auf und trat in die Mitte des Zimmers.

»Wer ist diese junge Frau, Andrew, wenn ich fragen darf?« erkundigte sie sich mit eisigem Tonfall.
»Eine hochstehende Person aus dem Ausland – eine Prominente«, stammelte er.
»So ein Quatsch!« erwiderte Tante Letty, und dann befahl sie, zur Hexe gewandt: »Und Sie verlassen sofort mein Haus, Sie schamlose Dirne. Sonst hole ich die Polizei.« Sie dachte, Jadis müsse aus einem Zirkus stammen. Außerdem fand sie nackte Arme absolut unschicklich.
»Wer ist diese Frau?« fragte Jadis. »Knie dich nieder vor mir, Elende, bevor ich dich dazu verdamme, zu Staub zu zerfallen!«
»In meinem Haus wird nicht geflucht, junge Frau!« sagte Tante Letty scharf.
Im selben Augenblick wurde die Königin noch größer. Zumindest kam es Onkel Andrew so vor. Aus ihren Augen sprühten Blitze, sie streckte den Arm aus und rief die schrecklich klingenden Worte, genau wie vor kurzem, als sie die Palasttore von Charn zu Staub hatte zerfallen lassen. Doch diesmal geschah überhaupt nichts.
Tante Letty, die meinte, es müsse normales Englisch sein, was die Hexe da von sich gab, sagte: »Das habe ich mir gedacht. Sie ist betrunken. Betrunken! Sie kann nicht mal so reden, daß man sie versteht.«
Das muß ein gräßlicher Moment gewesen sein für die Hexe, als sie plötzlich merkte, daß ihre Zauberkraft, Menschen zu Staub zerfallen zu lassen, hier in unserer Welt nicht funktionierte. Aber sie ließ sich keine einzige Sekunde lang aus der Fassung bringen. Statt dessen stürzte sie sich auf Tante Letty, hob sie hoch in die Luft, als wäre sie so leicht wie eine Puppe, und warf sie quer durchs Zimmer. Genau in diesem Augenblick steckte das Dienstmädchen, das diesen herrlich aufregenden Vormittag zu genießen begann, den Kopf durch die Tür und sagte: »Die Droschke ist da, Sir.«
»Geh voraus, Sklave!« befahl die Hexe. Onkel Andrew brummte etwas von bedauerlichen Tätlichkeiten, gegen die er wirklich protestieren müsse, doch ein einziger Blick von Jadis brachte ihn zum Verstummen. Sie trieb ihn aus dem Zimmer und zum Haus hinaus. Digory kam gerade noch rechtzeitig die Treppe heruntergerannt, um zu sehen, wie die Tür hinter den beiden zufiel.
»Herrjemine!« sagte er. »Jetzt hat man sie auf London losgelassen.

Und Onkel Andrew ist ebenfalls mit von der Partie. Ich wüßte nur zu gern, was jetzt passiert!«

»Oh, Master Digory«, rief das Dienstmädchen. »Ich glaube, Miß Ketterley ist verletzt.« Also rannten sie alle beide in den Salon, um nachzusehen, was sich da ereignet hatte.

Auf dem nackten Fußboden, ja sogar auf dem Teppich hätte sich Tante Letty sicherlich alle Knochen gebrochen. Doch glücklicherweise war sie auf der Matratze gelandet. Außerdem war sie eine außerordentlich zähe alte Dame, so wie viele der alten Damen damals in jenen Tagen. Nachdem sie an einem Fläschchen Riechsalz geschnuppert und ein paar Minuten still dagesessen hatte, verkündete sie, abgesehen von ein paar Schrammen sei ihr nichts passiert. Und kurz darauf übernahm sie schon wieder das Kommando.

»Sarah!« sagte sie zu dem Dienstmädchen, das noch nie so einen interessanten Tag erlebt hatte, »du gehst jetzt sofort zum Polizeirevier und meldest, daß sich hier eine gemeingefährliche Verrückte herumtreibt. Das Mittagessen für Mrs. Kirke bringe ich selbst nach oben.« Mrs. Kirke war Digorys Mutter.

Als die Kranke versorgt war, aß Digory mit seiner Tante zusammen ebenfalls etwas. Und anschließend begann er angestrengt nachzudenken.

Das Wichtigste war, die Hexe so schnell wie möglich in ihre eigene Welt zurückzubefördern – oder sie zumindest wegzuschaffen aus dieser Welt. Auf gar keinen Fall durfte sie sich hier im Haus herumtreiben. Seine Mutter durfte nicht mit ihr in Berührung kommen. Und nach Möglichkeit mußte Jadis auch daran gehindert werden, in London ihr Unwesen zu treiben. Digory war nicht dabeigewesen, als sie versucht hatte, Tante Letty zu Staub zerfallen zu lassen, aber er hatte gesehen, wie sie das mit den Toren von Charn zuwege gebracht hatte. Er wußte also von ihrer schrecklichen Macht, und er hatte keine Ahnung, daß sie einen Teil davon beim Betreten unserer Welt eingebüßt hatte. Außerdem wußte er, daß sie vorhatte, unsere Welt zu erobern. Vielleicht war sie gerade eben damit beschäftigt, den Buckingham-Palast oder das Parlament zu Staub zerfallen zu lassen. Und mit großer Wahrscheinlichkeit war auch von zahlreichen Polizisten nur noch ein Häufchen Staub übrig. Digory hatte keine Ahnung, was er

dagegen unternehmen sollte. Die Ringe funktionieren ja wie Magnete, dachte er dann. Wenn ich die Hexe berühre und meinen gelben Ring überstreife, dann bringt er uns in den Wald zwischen den Welten. Ob sie dort wohl wieder so einen Schwächeanfall kriegt? Hatte der Ort selbst so einen Einfluß auf sie? Oder war es vielleicht nur der Schock, aus ihrer eigenen Welt fortgezogen zu werden? Aber dieses Risiko muß ich wohl eingehen. Bloß – wie finde ich dieses Weib? Tante Letty läßt mich vermutlich nicht weg, außer ich sage ihr, wo ich hinwill. Zudem habe ich kaum Geld. Und wenn ich ganz London absuchen muß, dann brauche ich sicher eine ganze Menge für Busse und Straßenbahnen. Ich habe sowieso nicht die geringste Ahnung, wo ich überhaupt suchen soll. Ob sie wohl noch mit Onkel Andrew unterwegs ist?
Schließlich und endlich wurde ihm klar, daß er eigentlich nur warten und hoffen konnte, daß Onkel Andrew und die Hexe wieder hierherkamen. Und sobald sie auftauchten, wollte er hinausrennen, Jadis pakken und den gelben Ring anstecken, noch bevor sie Gelegenheit hatte, das Haus zu betreten. Das bedeutete, daß er die Haustür bewachen mußte wie die Katze das Mauseloch. Ununterbrochen. Also ging er ins Eßzimmer und rührte sich nicht mehr von der Stelle. Das Erkerfenster, durch das er hinausschaute, war so geformt, daß er die Eingangstreppe und die ganze Straße hinauf und hinunter überblicken konnte. Also konnte keiner ohne sein Wissen die Haustür öffnen. Was Polly wohl gerade treibt? dachte er.
Darüber mußte er lange nachdenken in dieser ersten halben Stunde, die kein Ende nehmen wollte. Ich werde es euch erzählen. Polly war zu spät zum Abendessen gekommen, mit klatschnassen Schuhen und Strümpfen. Und als sie gefragt wurde, wo sie gewesen sei und was zum Teufel sie getrieben habe, da sagte sie, sie sei mit Digory Kirke unterwegs gewesen. Nach weiterem Befragen gab sie zu, die nassen Füße habe sie sich in einem Teich geholt, und der Teich läge in einem Wald. Wo dieser Wald sei, wisse sie nicht. Auf die Frage, ob er in einem der Parks läge, antwortete sie mehr oder weniger wahrheitsgemäß, man könne den Wald als Park bezeichnen, wenn man wolle. Aus all dem schloß Pollys Mutter, ihre Tochter müsse sich in irgendeinem ihr unbekannten Teil Londons in einem Park damit vergnügt haben, in Pfützen zu hüpfen. Also wurde Polly erklärt, sie habe sich schrecklich schlecht

benommen, und wenn so etwas noch einmal vorkäme, dann dürfe sie nie mehr mit diesem Kirke spielen. Sie bekam keinen Nachtisch und mußte sich zur Strafe zwei volle Stunden lang ins Bett legen. So etwas passierte ziemlich häufig in jenen Tagen.

Während also Digory aus dem Eßzimmerfenster starrte, lag Polly im Bett. Allen beiden kam es so vor, als stünde die Zeit still. Also ich für meinen Teil, ich wäre lieber an Pollys Stelle gewesen. Sie mußte lediglich warten, bis die zwei Stunden vorüber waren, während Digory alle paar Minuten eine Droschke, einen Lieferwagen oder einen Metzgerjungen um die Ecke biegen hörte und dachte: Da kommt sie! Und nach jedem falschen Alarm schien sich die Zeit wieder endlos lang hinzuziehen, während eine riesige Fliege hoch oben gegen das Fenster schwirrte. Dies war nämlich eines von jenen Häusern, in denen es nachmittags immer schrecklich still und langweilig wird. Zudem roch es ständig nach Hammelfleisch.

Nur ein einziges Mal geschah etwas während dieser langen Warterei. Es war nur eine Kleinigkeit, die sich da zutrug, doch ich muß sie erwähnen, weil sich daraus später andere Dinge ergaben. Eine Frau kam Digorys Mutter besuchen, und sie brachte Trauben mit. Weil ja die Eßzimmertür offenstand, hörte Digory ganz unfreiwillig mit, wie sich seine Tante und die Frau im Flur unterhielten.

»Sind die herrlich!« ertönte Tante Lettys Stimme. »Wenn es etwas gäbe, was ihr noch helfen könnte, dann wären es ganz gewiß diese Trauben. Ach, die gute, arme Mabel! Aber ich befürchte, man bräuchte schon Früchte aus dem Land der Jugend, um sie jetzt noch gesund zu machen. In *dieser* Welt gibt es vermutlich nichts, womit man noch viel tun kann für sie.« Dann redeten die beiden leise weiter, aber Digory verstand sie nicht mehr.

Hätte Digory das mit dem Land der Jugend vor ein paar Tagen gehört, dann hätte er angenommen, Tante Letty habe das nur so dahingesagt, so wie das bei den Erwachsenen üblich ist. Es fehlte nicht viel, und er hätte es auch jetzt für Erwachsenengeschwätz gehalten. Doch da fiel ihm plötzlich ein, daß er – ganz im Gegensatz zu Tante Letty – inzwischen wußte, daß es wirklich andere Welten gab. Er war ja selbst in einer gewesen. Vielleicht gab es wirklich irgendwo ein Land der Jugend und noch alles Mögliche mehr. Vielleicht gab es in einer anderen

Welt tatsächlich Früchte, von denen seine Mutter wieder gesund wurde. Wer weiß. Na ja, ihr wißt ja, wie das ist, wenn man sich etwas ganz schrecklich verzweifelt wünscht, und dann schöpft man plötzlich Hoffnung. Erst möchte man sich gegen diese Hoffnung wehren, weil es zu schön wäre, um wahr zu sein. Zu oft hat man schon Enttäuschungen erlebt. So erging es jetzt Digory. Doch dann gab er seinen Widerstand auf, denn vielleicht ... vielleicht gab es so was wirklich. So viele eigenartige Dinge waren passiert an diesem Tag. Und er hatte ja die Zauberringe. Sicher konnte man durch jeden einzelnen Teich im Wald zu einer anderen Welt gelangen. Und all diese Welten konnte er sich ja mal anschauen. Und dann – vielleicht wurde dann seine Mutter wieder gesund, und alles wurde wieder so wie früher. Digory vergaß ganz und gar, daß er nach der Hexe Ausschau halten wollte. Gerade wollte er die Hand in die Tasche stecken und den gelben Ring anstekken, als er plötzlich Hufgetrappel hörte.

Ach Herrje! Was ist denn das? überlegte Digory. Das muß der Feuerwehrwagen sein. Wo mag es wohl brennen? Herr im Himmel – er kommt in diese Richtung. Ach Gott, da ist sie ja!

Ich brauche euch ja wohl nicht zu erklären, wen er damit meinte.

Zuerst kam die Droschke. Der Kutschersitz war leer, doch aufrecht und mühelos das Gleichgewicht haltend, während das Gefährt mit Höchstgeschwindigkeit auf einem Rad um die Ecke jagte, stand auf dem Dach die Hexe, Jadis, Königin aller Königinnen, die Charn ins Verderben gestürzt hatte. Ihre Zähne blitzten, ihre Augen leuchteten wie Flammen, und ihr langes Haar flatterte hinter ihr wie ein Kometenschweif. Erbarmungslos peitschte sie auf das Pferd ein. Es hatte die geröteten Nüstern weit aufgerissen, und seine Flanken waren schaumbefleckt. In wilder Jagd galoppierte es zur Haustür, verfehlte um ein Haar den Laternenpfahl und bäumte sich dann hoch auf. Die Droschke schmetterte gegen die Laterne und zerbarst in tausend Stücke. Doch mit einem prachtvollen Sprung war die Hexe gerade im richtigen Augenblick vom Dach der Droschke auf den Rücken des Pferdes gesprungen. Dort setzte sie sich zurecht, beugte sich nach vorn und flüsterte dem Pferd etwas ins Ohr. Die Worte, die sie flüsterte, schienen nicht dazu bestimmt, das Pferd zu beruhigen. Ganz im Gegenteil. Sofort bäumte es sich wieder auf, und sein Wiehern klang wie ein Schrei. Es schien nur noch aus Hufen, aus Zähnen, aus Augen und aus einer wirbelnden Mähne zu bestehen. Nur ein erstklassiger Reiter konnte sich auf seinem Rücken halten.

Bevor sich Digory von seinem ersten Schreck erholt hatte, passierte noch vieles mehr. Eine zweite Droschke kam angejagt, aus der ein dikker Mann im Frack und ein Polizist kletterten. Dann folgte eine dritte Droschke mit zwei weiteren Polizisten, und johlend und schreiend sausten etwa zwanzig Leute (meist Laufburschen) auf Fahrrädern daher, gefolgt von einer Schar von Fußgängern, alle mit hochroten Köpfen, weil sie so hatten rennen müssen. Aber offensichtlich machte ihnen die Sache großen Spaß. In der ganzen Straße gingen die Fenster auf, an allen Haustüren erschienen Dienstmädchen oder Butler, und alle wollten wissen, was es da zu sehen gab.

Inzwischen rappelte sich ein alter Herr aus den Trümmern der ersten Droschke. Ein paar Leute eilten herbei und wollten ihm behilflich sein, aber da ihn der erste in die eine und der zweite in die andere Richtung zerrte, hätte er es ohne Hilfe vermutlich genauso schnell geschafft. Digory nahm an, daß es sich bei dem alten Herrn um seinen Onkel handelte, doch da dem Mann der hohe Zylinder übers Gesicht heruntergerutscht war, konnte man sein Gesicht nicht sehen.

Digory rannte nach draußen.

»Das ist sie! Das ist sie!« rief der dicke Mann und deutete auf Jadis. »Tun Sie Ihre Pflicht, Konstabler! Sie hat mir Waren im Wert von Hunderten, nein Tausenden von Pfund aus meinem Geschäft entwedet! Sehen Sie sich diese Perlenkette an, die sie um den Hals trägt! Die gehört mir! Und ein blaues Auge hat sie mir auch noch geschlagen!«

»Ja, das hat sie, Konstabler!« bestätigte einer aus der Menge. »Ein prächtiges blaues Auge! Hervorragende Arbeit! Teufel – die muß Kräfte haben!«

»Legen Sie sich ein schönes rohes Beefsteak darauf, Sir. Das tut gut!« riet ein Metzgerjunge.

»Also!« erklärte der ranghöchste Polizist. »Was ist hier eigentlich los?«

»Ich habe Ihnen doch gesagt, sie . . .« begann der fette Mann, doch da rief ein anderer:

»Laßt den Alten aus der Droschke nicht entwischen! Der hat sie nämlich angestiftet!«

Dem alten Herrn war es endlich gelungen, sich aufzurichten. Es war tatsächlich Onkel Andrew, der sich da seine Schrammen rieb. »Nun denn«, meinte der Polizist und wandte sich zu ihm. »Was soll das alles?«

»Wumpel – Pumpel – Schwumpel«, klang unter dem Hut Onkel Andrews Stimme hervor.

»Schluß damit!« befahl der Polizist streng. »Ich finde das Ganze absolut nicht spaßig! Nehmen Sie sofort das Ding ab! Verstanden?«

Doch das war leichter gesagt als getan. Nachdem Onkel Andrew ein Weilchen vergeblich mit seinem Zylinder gekämpft hatte, traten zwei andere Polizisten hinzu, packten den Hut an der Krempe und rissen ihn herunter.

»Herzlichen Dank, herzlichen Dank«, sagte Onkel Andrew mit versagender Stimme. »Vielen Dank. Ach herrje, ich bin völlig außer mir! Wenn vielleicht einer der Herren ein kleines Schlückchen Brandy für mich hätte . . .«

»Sie hören mir jetzt zu, wenn es recht ist!« befahl der Polizist. Er nahm ein riesiges Notizbuch und einen winzigen Bleistift aus der Tasche. »Sind Sie verantwortlich für diese junge Frau hier?«

»Achtung!« ertönten da ein paar Stimmen, und der Polizist machte gerade noch rechtzeitig einen Satz nach hinten. Das Pferd war eben im Begriff, ihm einen Tritt zu versetzen, der ihn vermutlich das Leben gekostet hätte. Dann ließ die Hexe das Pferd im Kreis wirbeln, bis es mit den Hinterbeinen auf dem Gehsteig stand und sie die Menge sehen konnte. Sie hatte ein langes, funkelndes Messer in der Hand, mit dem sie die Riemen zwischen dem Pferd und der zerschmetterten Droschke durchtrennte.

Digory versuchte inzwischen unentwegt, sich in eine Position zu bringen, wo er die Hexe berühren konnte. Doch das war gar nicht so einfach, denn zwischen ihm und der Hexe standen viel zuviele Leute. Und wenn er auf die andere Seite gelangen wollte, mußte er sich zwischen dem Zaun des Vorgartens und den Pferdebeinen hindurchzwängen. Wenn ihr etwas von Pferden versteht und euch vor Augen führt, in welchem Zustand sich dieses Pferd befand, dann wißt ihr gewiß, was für eine gefährliche Aufgabe Digory da vor sich hatte. Digory kannte sich gut aus mit Pferden, aber er biß die Zähne zusammen und nahm

sich vor, rasch um das Tier herumzurennen, sobald sich eine Gelegenheit bot.
Inzwischen hatte sich ein rotgesichtiger Mann mit einem Bowler auf dem Kopf durch die Menge gedrängt und trat nach vorn.
»He! Konstabler!« sagte er. »Das ist mein Gaul, auf dem die Frau da sitzt, und dieser Trümmerhaufen hier, das war mal meine Droschke.«
»Einer nach dem anderen bitte. Einer nach dem anderen«, sagte der Konstabler.
»Dazu ist keine Zeit!« widersprach der Droschkenkutscher. »Ich kenn das Pferd besser als Sie. Es ist kein gewöhnlicher Gaul – sein Vater war Streitroß in der Kavallerie, und er gehörte einem Offizier. Wenn die junge Frau es weiterhin so verrückt treibt, dann kommt noch einer ums Leben. Lassen Sie mich zu meinem Pferd!«
Der Konstabler war höchst erleichtert, daß es jetzt einen Grund für ihn gab, ein paar Schritte zurückzuweichen.
Der Kutscher trat vor, schaute zu Jadis hinauf und sagte recht freundlich: »So, Fräuleinchen, ich nehm jetzt die Zügel, und Sie steigen runter. Sicher geht's Ihnen zu wild zu hier – wenn man bedenkt, daß Sie 'ne Frau sind. Sie gehn besser heim jetzt, trinken 'n schönes Täßchen Tee und legen sich ein bißchen hin. Dann geht's Ihnen sicher gleich viel besser.« Dabei legte er die Hand auf den Kopf seines Pferdes und sagte: »Ruhig, Goldapfel, alter Junge. Ganz ruhig.«
Jetzt ergriff zum erstenmal die Hexe das Wort.
»Hund!« erklang ihre kalte, klare Stimme, die wie eine Glocke alle übrigen Geräusche überhallte. »Hund! Laß mein königliches Streitroß los! Ich bin Königin Jadis!«

Die Schlacht am Laternenpfahl

»Ha! Eine Königin will das sein! Das wollen wir mal sehn!« sagte eine Stimme. Dann befahl eine andere: »Ein Hoch auf die Königin von Colney Hatch«, und viele stimmten mit ein. Ein rosiger Hauch überflog das Gesicht der Königin, und fast unmerklich verbeugte sie sich. Doch da verklangen die Hochrufe und verwandelten sich zu schallendem Gelächter, und die Hexe begriff, daß man sich nur über sie lustig machte. Schlagartig verwandelte sich der Ausdruck auf ihrem Gesicht, und sie wechselte das Messer von ihrer Rechten zur Linken. Dann geschah ohne jegliche Vorwarnung etwas ganz Furchtbares. Mühelos und ganz nebenbei, als wäre das die naheliegendste Sache der Welt, griff sie mit der Rechten nach oben und brach einen Seitenarm vom Laternenpfahl. Auch wenn Jadis hier in unserer Welt ihre Zauberkräfte verloren hatte, ihre Körperkraft war ihr geblieben. Sie brach die Eisenstange ab wie einen morschen Ast. Dann warf sie ihre neue Waffe hoch in die Luft, fing sie wieder auf, zückte sie und zwang das Pferd nach vorn.

Jetzt! dachte Digory. Rasch lief er zwischen dem Pferd und dem Gartenzaun hindurch. Wenn nur das Pferd einen Augenblick stillstehen wollte, damit er die Hexe an der Ferse packen konnte!

In diesem Moment war ein ekelhafter Schlag zu hören, dann folgte ein dumpfer Aufschlag. Die Hexe hatte ihre Stange auf den Helm des Polizisten niedersausen lassen, und der Mann war umgefallen wie vom Blitz getroffen.

»Schnell, Digory! Wir müssen dem Ganzen ein Ende machen!« hörte er neben sich eine Stimme. Es war Polly, die sofort heruntergerannt war, als sie ihr Bett hatte verlassen dürfen.

»Phantastisch, daß du da bist!« rief Digory. »Halte dich gut an mir fest! Um den Ring mußt *du* dich kümmern. Den gelben mußt du nehmen, denk dran. Aber steck ihn erst an, wenn ich es sage!«

Eben erklang wieder ein Schlag, und der nächste Polizist sank zu Boden. Ein wütender Aufschrei kam aus der Menge. »Holt sie runter vom Pferd! Besorgt ein paar Pflastersteine! Alarmiert die Armee!« Aber die meisten waren darauf bedacht, daß sie der Hexe nicht in die Quere kamen. Nur der Kutscher, offensichtlich der Mutigste und gleichzeitig der Freundlichste von allen, wich nicht zurück. Vorsichtig der Eisenstange ausweichend, rannte er hin und her und versuchte, die Zügel seines Pferdes zu packen.

Wieder erklang ein empörter Aufschrei. Ein Stein sauste über Digorys Kopf hinweg. Dann erschallte glockenklar die Stimme der Hexe, und zum erstenmal klang sie fast glücklich: »Ihr Elenden! Dafür werdet ihr teuer bezahlen, sobald ich eure Welt erobert habe! Kein Stein soll auf

dem anderen bleiben in eurer Stadt! Ich werde mit ihr machen, was ich mit Charn, Felinda, Sorlois und Bramandin gemacht habe.«
Jetzt gelang es Digory endlich, sie am Knöchel zu packen. Doch sie trat mit der Ferse nach ihm und traf ihn auf den Mund. Es tat so weh, daß er loslassen mußte. Seine Lippe war aufgeplatzt, und er hatte den Mund voller Blut. Ganz aus der Nähe rief Onkel Andrew mit bebender Stimme: »Werte Dame – meine liebe junge Frau – ich flehe Sie an – beherrschen Sie sich!« Digory packte noch einmal nach ihrem Fuß, doch auch diesmal mußte er wieder loslassen. Weitere Männer stürzten von der Stange getroffen zu Boden. Beim dritten Versuch klammerte er sich an der Ferse der Hexe fest, als hinge sein Leben davon ab. Er schrie: »Los, Polly!«
Gott sei Dank! Die wütenden, verschreckten Gesichter waren verschwunden, und die aufgebrachten Stimmen verklangen. Nur die von Onkel Andrew war noch zu hören. Gleich neben Digory jammerte er im Dunkeln: »Oh! Oh! Bin ich des Wahnsinns? Ist dies das Ende? Ich ertrage es nicht! Das ist ungerecht! Eigentlich wollte ich gar kein Zauberer werden! Das ist ein Mißverständnis! Meine Patin ist schuld! Dagegen muß ich protestieren! Bei meinem gesundheitlichen Zustand! Und bei meiner guten Herkunft!«
Verdammt! dachte Digory. Den wollte ich eigentlich nicht dabeihaben. Ach herrje, so ein Mist! »Bist du da, Polly?« fragte er laut.
»Ja, hier bin ich. Hör auf, mich ständig zu schubsen!«
»Ich schubse dich doch gar nicht!« begann Digory, aber bevor er weiterreden konnte, tauchten sie im grünen Sonnenschein des Waldes auf. Als sie ans Teichufer krabbelten, rief Polly:
»Ach du meine Güte! Das Pferd haben wir auch mitgebracht! Und Mr. Ketterley! Und den Kutscher! Das kann ja heiter werden!«
Als die Hexe sah, daß sie wieder im Wald gelandet war, wurde sie blaß und beugte sich, bis ihr Gesicht die Pferdemähne berührte. Man konnte sehen, daß ihr sterbenselend war. Onkel Andrew zitterte. Doch Goldapfel, das Pferd, schüttelte die Mähne und wieherte. Ihm schien es besser zu gehen. Jetzt wurde er wieder ganz ruhig. Seine Ohren richteten sich auf, und aus seinen Augen verschwand die Wildheit.
»So ist's recht, alter Junge«, sagte der Kutscher und tätschelte Goldapfel am Hals. »So ist's besser. Sei schön brav.«

Nun schickte sich Goldapfel an, das Allernatürlichste der Welt zu tun. Er war schrecklich durstig, und das war ja auch kein Wunder. Langsam trottete er zum nächsten Teich, stapfte ins Wasser und wollte trinken. Digory hielt noch immer die Hexenferse fest, an der anderen Hand hielt er Polly. Auf dem Pferdehals lag die Hand des Kutschers, und Onkel Andrew, der weiterhin ganz zittrige Beine hatte, klammerte sich am Kutscher fest.

»Schnell!« rief Polly und sah zu Digory hinüber. »Grün!«

Und so kam das Pferd überhaupt nicht dazu, seinen Durst zu löschen. Statt dessen versanken sie alle miteinander im Dunkeln. Goldapfel wieherte, Onkel Andrew wimmerte, und Digory sagte: »Da haben wir aber Schwein gehabt.«

Ein Weilchen war alles still. Dann sagte Polly: »Müßten wir nicht inzwischen am Ziel sein?«

»Also, irgendwo sind wir«, sagte Digory. »Zumindest stehe ich auf festem Grund und Boden.«

»Natürlich! Ich auch! Das merke ich erst jetzt«, meinte Polly. »Aber weshalb ist es bloß so dunkel hier? Meinst du, wir haben den falschen Teich erwischt?«

»Vielleicht ist es doch Charn, und es ist gerade Nacht hier«, sagte Digory.

»Das ist nicht Charn«, erklang die Stimme der Hexe. »Das ist eine leere Welt. Wir sind im Nichts angelangt.«

Und so sah es auch wirklich aus. Es gab keine Sterne hier, und es war so dunkel, daß man die Hand vor den Augen nicht sah. Es machte überhaupt keinen Unterschied, ob man die Augen öffnete oder nicht. Der Boden unter ihren Füßen fühlte sich eben an und kühl. Möglicherweise war es Erde, auf der sie da standen, doch Wiese konnte es keine sein, und Waldboden war es auch nicht. Die Luft war kalt und reglos.

»Dies ist mein Verderben!« verkündete die Hexe mit einer Stimme, in der eine schreckliche Ruhe lag.

»Oh! Sagen Sie das nicht!« plapperte Onkel Andrew. »Meine werte junge Dame, so etwas dürfen Sie nicht sagen. So schlimm kann es doch nicht sein. Ah, Kutscher, mein guter Mann, Sie haben nicht zufällig ein Fläschchen dabei? Ein kleines Schlückchen wäre genau das Richtige für mich.«

»Wir müssen alle die Nerven behalten«, erklang die gutmütige, beherzte Stimme des Kutschers. »Ja, das müssen wir. Hat sich auch keiner was gebrochen? Gut. Also dafür müssen wir schon mal mächtig dankbar sein, wo wir doch so tief runtergefallen sind. So, falls wir in 'ne Grube gestürzt sind – vielleicht für 'nen neuen Untergrundbahnhof – dann werden sie gleich kommen und uns holen. Und wenn wir tot sind – wäre ja durchaus möglich –, dann dürft ihr nicht vergessen, daß auf See schlimmere Dinge passieren. Und irgendwann muß ja jeder mal sterben. Wenn man rechtschaffen gelebt hat, gibt's da nichts zu befürchten. Und wenn ihr mich fragt, dann sollten wir uns mit 'nem Liedchen die Zeit vertreiben.«
Gesagt, getan. Sofort stimmte er ein Erntedanklied an, in dem es um das glücklich vollbrachte Einbringen der Ernte ging. Das Lied paßte nicht so recht hierher, wo seit Anbeginn der Zeit noch nie etwas gewachsen zu sein schien, aber dieses Lied kannte er am besten. Er hatte eine schöne Stimme. Die Kinder sangen ebenfalls mit. Allen dreien verlieh das Lied neuen Mut. Nur Onkel Andrew und die Hexe schwiegen.
Als sie fast fertig waren mit dem Lied, spürte Digory, wie ihn jemand am Ellenbogen zupfte. Nach dem Geruch zu schließen – es roch nach Cognak, nach Zigarren und nach Sonntagskleidern –, mußte es Onkel Andrew sein, der ihn da vorsichtig beiseite zog. Einige Schritte entfernt von den anderen legte er seinen Mund so nah an Digorys Ohr, daß es kitzelte.
»Steck den Ring an, Junge! Wir verschwinden!« flüsterte er.
Doch die Hexe hatte ausgezeichnete Ohren. »Narr!« schrie sie und sprang vom Pferd. »Hast du vergessen, daß meine Ohren Gedanken hören? Laß den Jungen los! Wenn du Verrat an mir übst, dann werde ich Rache an dir nehmen, wie es noch nie gehört wurde seit Anbeginn der Zeit!«
»Wenn du meinst, daß ich von hier verschwinde, und Polly, den Kutscher und das Pferd an einem Ort wie diesem hier zurücklasse, dann hast du dich schwer getäuscht«, fügte Digory hinzu.
»Ein frecher, ungezogener Bengel bist du!« schimpfte Onkel Andrew.
»Pst!« machte der Kutscher. Alle lauschten.
Dort im Dunkel ging etwas vor sich. Eine Stimme hatte zu singen begonnen. Sie klang ganz aus der Ferne, und Digory fiel es sehr schwer,

die Richtung zu bestimmen, aus der sie kam. Manchmal schien sie von überallher zu erklingen; manchmal hörte es sich fast so an, als schalle sie direkt aus der Erde unter ihnen. Die tiefen Töne klangen so, als wäre es die Stimme der Erde selbst. Einen Text hatte das Lied nicht, auch keine richtige Melodie, aber es war dennoch das wunderschönste Lied, das Digory jemals gehört hatte. Es war so schön, daß er es kaum ertragen konnte. Dem Pferd schien es ebenfalls zu gefallen. Es wieherte wie ein Pferd, das nach jahrelangem Dasein als Droschkengaul plötzlich die alte Weide wiederfindet, auf der es als Fohlen gespielt hat, und das einen Menschen mit einem Stückchen Zucker in der Hand ankommen sieht, an den es sich noch mit Liebe erinnert.

»Heiliger Herr im Himmel!« rief der Kutscher. »Ist das nicht geradezu herrlich?«

Dann geschahen zwei Wunder auf einmal. Weitere Stimmen fielen in den Gesang mit ein, so viele, man hätte sie niemals zählen können. Ihr Gesang fügte sich harmonisch mit ein, doch sie sangen höher, mit kalten, klirrenden Silberstimmen. Und dann geschah das zweite Wunder: Die Schwärze über ihnen war auf einen Schlag von Sternen übersät. Sie erschienen nicht nach und nach, so wie bei uns in einer Sommernacht. Im einen Augenblick war es noch pechrabenschwarz da oben, im nächsten flammten Abertausende von Lichtern – einzelne Sterne, Sternbilder, Planeten, und alle waren größer und heller als jene, die bei uns am Nachthimmel strahlen. Der Himmel war vollkommen wolkenlos. Die neuen Sterne und die neuen Stimmen waren gemeinsam erschienen. Wenn ihr dabeigewesen wärt, dann hättet ihr sicher genau wie Digory geglaubt, daß die Sterne da sangen und daß sie von der ersten tiefen Stimme ins Leben gerufen worden waren.

»Ich glaub, ich werd verrückt«, stammelte der Kutscher. »Wenn ich gewußt hätt', daß es so was gibt, wär' ich ein viel besserer Mensch gewesen.«

Die Stimme, die von der Erde her erschallte, war jetzt laut und triumphierend, die Stimmen am Himmel verklangen. Und jetzt geschah noch etwas.

Weit in der Ferne färbte sich am Horizont die Himmelsschwärze grau. Ein sanfter, überaus frischer Wind kam auf. Ganz allmählich wurde es immer heller. Nun konnte man schon die Umrisse der Berge sehen, die sich dunkel vom Horizont abhoben. Und immer noch sang die Stimme.

Bald war es so hell, daß man wieder Gesichter erkennen konnte. Der Kutscher und die beiden Kinder standen mit offenem Mund, ihre Augen leuchteten. Sie sogen den Klang auf, und sie sahen aus, als riefe er eine Erinnerung in ihnen wach. Auch Onkel Andrew sperrte den Mund auf, doch nicht weil er froh war wie sie. Bei ihm wirkte es eher so, als sei ihm das Kinn heruntergefallen. Er ließ die Schultern hängen, seine Knie zitterten. Ihm gefiel die Stimme überhaupt nicht. Am liebsten wäre er in ein Mauseloch gekrochen, um dem Gesang zu entkommen. Die Hexe schien die Stimme besser zu verstehen als alle anderen. Ihre Lippen waren zusammengepreßt, ihre Fäuste geballt. Schon als das Lied begann, hatte sie gespürt, daß ein Zauber über dieser Welt ruhte. Ein Zauber, anders und mächtiger als der ihre, und deshalb haßte sie dieses Lied. Gern hätte sie diese oder alle Welten vernichtet, sofern nur dieser Gesang aufhörte. Das Pferd hatte die zuckenden Ohren weit nach vorn gelegt, von Zeit zu Zeit schnaubte es und stampfte mit dem Huf. Jetzt sah es nicht mehr wie ein müder alter Droschkengaul aus. Jetzt mochte man gern glauben, daß es von einem Schlachtroß abstammte.

Im Osten verfärbte sich der bleiche Himmel erst rosa, dann golden. Die Stimme schallte immer mächtiger, bis die ganze Luft erbebte. Und dann, als sie so kraftvoll und so mächtig anschwoll wie nie zuvor, ging die Sonne auf.

So eine Sonne hatte Digory noch nie gesehen. Die Sonne über den Ruinen von Charn hatte älter gewirkt als die unsrige: diese hier sah jünger aus. Fast hätte man meinen können, sie lache vor Freude, als sie höherstieg. Und als sie mit ihren Strahlen das Land erhellte, da sahen die Reisenden zum ersten Mal ihre Umgebung. Sie standen in einem Tal, durchzogen von einem breiten, rasch dahinfließenden Fluß, der Richtung Osten verlief, auf die Sonne zu. Im Süden ragten Berge auf, im Norden niedrige Hügel. Doch kein Baum, kein Busch, kein Grashalm war zu sehen, nur nackte Erde, Gestein und Wasser. Die Erde erstrahlte in frischen, warmen Farben, bei deren Anblick die Reisenden Erregung faßte. Doch dann sahen sie den Sänger selbst und vergaßen alles andere.

Es war ein Löwe. Riesig, zottig und leuchtend stand er etwa dreihundert Meter von den Reisenden entfernt und blickte zur aufgehenden Sonne. Er sang mit weit offenem Maul.

»Das ist eine schreckliche Welt«, sagte die Hexe. »Wir müssen fliehen. Sofort. Bereitet den Zauber vor.«

»Ich stimme Ihnen zu, werte Dame«, sagte Onkel Andrew. »Ein höchst unangenehmer Ort. Völlig unzivilisiert. Wäre ich nur jünger und hätte ein Gewehr . . .«

»Unsinn!« meinte der Kutscher. »Sie glauben doch wohl nicht, daß Sie *den da* erschießen können, oder?«

»Wer würde das denn wollen?« fragte Polly.

»Bereite den Zauber vor, alter Narr!« befahl Jadis.

»Gewiß, werte Dame«, sagte Onkel Andrew verschlagen. »Die beiden Kinder müssen mich berühren. Steck sofort den Ring an, Digory, der uns nach Hause bringt!« Er plante, die Hexe hier zurückzulassen.

»So? Ringe sind es also?« rief Jadis. Sie hätte bestimmt sofort in Digorys Tasche gegriffen, aber der packte Polly am Arm und schrie:

»Seht euch vor! Wenn es einer von euch wagen sollte, auch nur einen Schritt näher zu kommen, dann verschwinden wir alle beide und lassen euch für immer hier zurück. Ja: Ich habe einen Ring in der Tasche, der mich und Polly nach Hause bringen kann. Seht! Ich brauche ihn nur anzufassen. Also bleibt uns vom Hals. Um Sie, Herr Kutscher, und um das Pferd täte es mir ja wirklich leid, aber ich habe keine andere Wahl. Und was euch beide betrifft« – er schaute zu seinem Onkel und zur Königin hinüber –, »ihr seid ja alle beide Zauberer, also müßtet ihr doch Freude daran haben, hier miteinander zu leben.«

»Haltet den Mund alle miteinander!« sagte der Kutscher. »Ich will mir die Musik anhören.«

Denn nun hatte sich das Lied verändert.

Der Löwe schritt auf und ab und sang dabei sein neues Lied. Es war leiser und beschwingter als jenes, mit dem er Sterne und Sonne ins Leben gerufen hatte – sozusagen eine sanft dahinplätschernde Klangfolge. Während er singend umherschritt, begann im Tal das Gras zu grünen. Um den Löwen herum fing es an; dann breitete es sich ringsumher aus wie ein überquellender Teich; wie in Wogen wuchs es an den Hängen empor, es kroch auf die Berge in der Ferne und legte etwas Sanftes über diese junge Welt. Raschelnd strich der sanfte Wind durch die Halme. Kurz darauf begann alles mögliche zu wachsen. Die höhergelegenen Hänge verdunkelten sich unter Heidekraut, das Tal fleckte sich mit groben, stachligen Gewächsen. Erst beim Näherkommen sah Digory, was das für Pflanzen waren. Kleine stachlige Gebilde waren es, die nach allen Seiten Arme reckten, auf denen es zu grünen begann. Sie wuchsen ungefähr einen Fingerbreit pro Sekunde. Rund um Digory herum sprießten Dutzende von diesen Gewächsen. Was das war, entdeckte er erst, als sie fast so hoch standen wie er selbst. »Bäume!« rief er.

Unangenehm war nur, daß sie all das nicht in Ruhe betrachten konnten. Gerade als Digory »Bäume!« rief, mußte er nämlich einen Satz zur Seite machen, weil Onkel Andrew wieder angeschlichen kam und ihm den Ring aus der Tasche stibitzen wollte. Von seinem Ring hätte Onkel Andrew zwar nicht viel gehabt, denn er wollte Digory in die rechte Hosentasche greifen, weil er ja immer noch meinte, die grünen Ringe seien es, die nach Hause führten. Aber natürlich wollte Digory alle beide Ringe behalten.

»Halt!« kreischte die Hexe. »Zurück! Noch weiter! Wenn sich einer von euch weiter als zehn Schritte den Kindern nähert, dann schlage ich ihm den Schädel ein!« Dabei schwang sie die Eisenstange, die sie von der Laterne abgerissen hatte. Allen war klar, daß sie ihr Ziel ganz bestimmt nicht verfehlen würde.

»So!« sagte sie dann. »Du wolltest also heimlich mit dem Jungen in deine Welt verschwinden und mich hier zurücklassen!«

Jetzt siegte Onkel Andrews Zorn endlich über seine Furcht. »Ja, werte Dame, das hatte ich vor«, sagte er. »Daran besteht kein Zweifel. Und das wäre auch mein gutes Recht, so beschämend und abscheulich, wie Sie mich behandelt haben. Ich habe mein Bestes gegeben, Ihnen soweit entgegenzukommen, wie es in meiner Macht stand. Und wie wurde mir das gedankt? Sie haben einen höchst ehrwürdigen Juwelier bestohlen – jawohl, bestohlen! Sie haben mich dazu gezwungen, Sie zu einem irrsinnig teuren, ja verschwenderischen Essen einzuladen, weshalb ich meine Taschenuhr mit Kette verpfänden mußte! Ich darf Ihnen mitteilen, werte Dame, daß es unter den Mitgliedern meiner Familie nicht üblich ist, Pfandleiher in Anspruch zu nehmen – mit Ausnahme meines Cousins Edward, aber der war ja auch bei der Kavallerie. Im Verlauf dieser schwerverdaulichen Mahlzeit, die mir noch immer im Magen liegt, hat Ihr Verhalten und Ihre Konversation auf eine sehr unangenehme Art und Weise dazu geführt, daß alle Anwesenden auf uns aufmerksam wurden. Ich fühle mich öffentlich entehrt, und in diesem Restaurant kann ich mich nie mehr blicken lassen. Des weiteren haben Sie Polizisten angegriffen, Sie haben gestohlen . . .«

»Schluß jetzt, alter Knabe, Schluß jetzt!« sagte der Kutscher. »Sie sollten zusehen und zuhören, statt zu quasseln.«

Tatsächlich gab es eine ganze Menge zu sehen und zu hören. Der Baum, den Digory als erstes bemerkt hatte, war zu einer voll ausgewachsenen Birke geworden, deren Zweige sanft über seinem Kopf schwankten, und überall wuchs kühles, grünes, mit Gänseblümchen und Butterblumen getupftes Gras. Ein Stückchen weiter am Flußufer standen Weiden; auf der anderen Seite wucherten blühende Fliedersträucher, wilde Rosen und Rhododendronbüsche. Das Pferd war damit beschäftigt, köstlich saftige Grasbüschel zu rupfen.

Die ganze Zeit über schritt der Löwe majestätisch auf und ab und sang dabei. Ein klein wenig beunruhigend war, daß er jedesmals ein Stückchen näher kam, wenn er sich wieder umdrehte. Von Sekunde zu Sekunde fand Polly das Lied interessanter, denn langsam kam es ihr vor, als bestünde ein Zusammenhang zwischen dem Lied und dem, was um sie herum geschah. Als in der Nähe an einem Hang eine Reihe dunkler Fichten sproß, erkannte sie, daß dies mit einer Reihe von dunklen, langgezogenen Tönen zusammenhängen mußte, die der Löwe kurz zuvor gesungen hatte. Und als er überwechselte zu einer lebhafteren Klangfolge, war Polly nicht weiter überrascht, als sie entdeckte, wie ringsumher plötzlich Schlüsselblumen zu wachsen begannen. Sie wurde von einer unsagbaren Erregung ergriffen, und ihr wurde klar, daß all diese Dinge im Kopf des Löwen entstanden, wie sie es ausdrückte. Wenn man dem Lied lauschte, dann konnte man hören, welche Pflanzen er gerade entstehen ließ. Schaute man sich um, dann konnte man sie auch schon sehen. So aufregend war es, daß Polly gar keine Zeit hatte, Angst zu spüren. Digory und der Kutscher allerdings wurden ganz gegen ihren Willen ein wenig nervös, weil der Löwe nach jeder Wendung ein wenig näher kam. Onkel Andrew klapperte vor Angst mit den Zähnen, aber er konnte nicht weglaufen, weil seine Knie so schrecklich schlotterten.

Plötzlich ging die Hexe tollkühn ein paar Schritte auf den Löwen zu, der langsam, ständig singend, angetrottet kam, bis er nur noch etwas mehr als zehn Meter entfernt war. Nun hob Jadis den Arm und schleuderte ihm die Eisenstange an den Kopf.

Keiner hätte ihn auf diese Entfernung verfehlt, am allerwenigsten Jadis. Die Stange traf den Löwen genau zwischen den Augen, prallte ab und fiel mit einem dumpfen Schlag ins Gras. Doch das hielt den Löwen nicht auf. Er ging weder langsamer noch schneller als zuvor, und man konnte ihm nicht ansehen, ob er die Stange überhaupt gespürt hatte. Obwohl seine Tatzen nicht zu hören waren, erbebte doch die Erde.

Die Hexe kreischte auf, rannte davon und war schon kurze Zeit später zwischen den Bäumen verschwunden. Onkel Andrew drehte sich um und wollte hinterherrennen, doch er stolperte über eine Wurzel und fiel platt auf die Nase. Er landete in einem Bächlein, das sich hinunterschlängelte zum Fluß. Die Kinder konnten sich nicht rühren, aber sie wußten ohnehin nicht so recht, ob sie sich überhaupt rühren wollten. Der Löwe schenkte ihnen keinen Blick. Er hatte sein großes Maul weit aufgerissen, doch nicht um zu brüllen, nein, um zu singen. So nah ging er an ihnen vorüber, daß sie seine Mähne hätten berühren können. Sie hatten schreckliche Angst, er könne sich umdrehen und sie ansehen, doch anderseits wünschten sie sich komischerweise, er möge es tun. Doch sie hätten geradesogut unsichtbar und unriechbar sein können, so wenig Beachtung schenkte er ihnen. Er ging an ihnen vorüber, wandte sich ein Stückchen weiter wieder um, ging noch einmal an ihnen vorbei und schritt dann weiter in Richtung Osten.

Hustend und spuckend rappelte sich Onkel Andrew wieder auf.
»So, Digory«, sagte er. »Das Weib sind wir los, und der gräßliche Löwe ist auch weg. Du gibst mir jetzt sofort die Hand und steckst den Ring an.«
»Bleib mir vom Leib!« befahl Digory und wich zurück. »Geh bloß nicht in seine Nähe, Polly. Komm hierher und stell dich neben mich. Ich warne dich, Onkel Andrew – wenn du noch einen einzigen Schritt machst, dann verschwinden wir einfach.«
»Du tust jetzt sofort, was ich dir sage!« sagte Onkel Andrew. »Du bist ein gräßlich ungehorsamer, ungezogener Bengel!«
»Kommt nicht in Frage!« widersprach Digory. »Wir wollen hierbleiben und zusehen, was geschieht. Ich dachte, du interessierst dich für andere Welten? Gefällt es dir denn nicht, jetzt, wo du hier bist?«
»Ob es mir gefällt?« rief Onkel Andrew. »Sieh doch nur, in welchem Zustand ich mich befinde. Und ich habe meine allerbeste Jacke und meine allerbeste Weste an!« Ohne Zweifel sah er inzwischen ganz schrecklich aus. Je besser die Kleider sind, die man trägt, desto schlimmer sieht man aus, wenn man aus einer zerschmetterten Droschke krabbeln mußte und in einen schlammigen Bach gefallen ist. »Ich will damit nicht sagen, daß es hier nicht äußerst interessant ist«, fuhr er fort. »Wenn ich ein junger Mann wäre, dann – vielleicht sollte ich erst einmal einen jungen, unternehmungslustigen Burschen hierherschicken – einen Großwildjäger vielleicht. Aus dem Land könnte man etwas machen. Das Klima ist herrlich. So eine Luft habe ich noch nie gerochen. Ich glaube fast, sie hätte mir gutgetan – wären nur die Umstände günstiger gewesen. Hätten wir bloß ein Gewehr gehabt!«
»Zum Teufel damit«, meinte der Kutscher. »Will mal sehen, ob ich Goldapfel abreiben kann. Das Pferd hat mehr Grips im Hirn als manch einer von den Menschen. Aber Namen will ich keine nennen.« Er ging hinüber zu seinem Pferd und stieß dabei Zischlaute aus, so wie das die Pferdeknechte machen.
»Glaubst du denn noch immer, *diesen* Löwen könnte man mit dem Gewehr erlegen?« fragte Digory. »Die Eisenstange hat ihm offensichtlich nicht viel ausgemacht.«
»Welche Fehler sie auch immer haben mag – ein tollkühnes Weib ist diese Jadis«, sagte Onkel Andrew. »Das war allerhand, was sie da ge-

tan hat.« Er rieb sich die Hände und ließ die Knöchel knacken. Offensichtlich hatte er schon wieder vergessen, welche Angst ihm die Hexe jedesmal einjagte, wenn sie ihm nahe kam.

»Also, ich finde, sie hat sich gemein verhalten«, sagte Polly. »Er hatte ihr doch gar nichts getan!«

»Ach du lieber Gott! Was ist denn das?« rief da Digory. Er rannte ein paar Schritte weiter und beugte sich nieder, um sich etwas anzuschauen. »Komm her, Polly, und sieh dir das an!«

Onkel Andrew kam ebenfalls hinterhergestapft, nicht weil er sehen wollte, was es da zu sehen gab, sondern weil er in der Nähe der Kinder bleiben wollte. Vielleicht ergab sich ja doch noch eine Gelegenheit, die Ringe zu stehlen. Aber als er sah, was Digory da betrachtete, erwachte sogar bei ihm das Interesse. Da stand nämlich ein kleiner, kaum einen Meter hoher Laternenpfahl. Während sie zusahen, wuchs er immer höher. Gleichzeitig wurde er entsprechend kräftiger, genau wie zuvor die Bäume.

»Es ist eine richtige Laterne – und brennen tut sie auch!« rief Digory. Und tatsächlich. Hier, in der hellen Sonne, sah man natürlich kaum etwas von dem kleinen Flämmchen, höchstens dann, wenn ein Schatten auf die Laterne fiel.

»Erstaunlich, ausgesprochen erstaunlich«, brummelte Onkel Andrew. »Nicht einmal ich hätte mir träumen lassen, daß es einen derartigen Zauber gibt. Wir befinden uns in einer Welt, in der alles zum Leben erwacht und wächst – sogar Laternen. Nur ist mir nicht klar, aus was für Samen Laternen entstehen.«

»Verstehst du denn nicht?« fragte Digory. »Hier ist die Eisenstange zu Boden gefallen, die Jadis in London vom Laternenpfahl abgerissen hat. Sie blieb in der Erde stecken, und jetzt wächst eine kleine, neue Laterne daraus hervor.« So klein war sie allerdings gar nicht mehr – inzwischen war sie schon genauso groß wie Digory.

»So muß es sein! Phantastisch, absolut phantastisch!« Jetzt rieb sich Onkel Andrew die Hände noch kräftiger als sonst. »Ho, ho! Sie haben gelacht über meine Zauberei. Meine Schwester, diese Närrin, denkt, ich sei übergeschnappt. Was werden sie jetzt wohl sagen? Ich habe eine Welt entdeckt, wo alles vor Leben und Wachstum strotzt. Kolumbus, alle reden von Kolumbus. Aber was ist schon Amerika, verglichen mit dem hier? Die kommerziellen Möglichkeiten dieses Landes sind unermeßlich. Man braucht nur ein paar Eisenabfälle herzubringen, sie einzupflanzen, und schon wachsen funkelnagelneue Lokomotiven daraus hervor, oder Schlachtschiffe, oder was man eben haben will. Völlig kostenlos. Und in England kann ich dann alles zum vollen Preis verkaufen. Bald bin ich Millionär. Und dazu noch das Klima! Schon jetzt fühle ich mich um zwanzig Jahre jünger. Ich könnte ein Erholungszentrum eröffnen. Ein gutes Sanatorium in dieser Lage müßte jederzeit zwanzigtausend Pfund im Jahr einbringen. Natürlich werde ich ein paar Leute in das Geheimnis einweihen müssen. Aber als allererstes muß dieses Vieh erschossen werden!«

»Sie sind genauso schlimm wie die Hexe!« meinte Polly. »Sie denken nur ans Umbringen!«

»Und was mich selbst betrifft«, spann Onkel Andrew seinen glücklichen Traum weiter, »so ist gar nicht auszudenken, wie lange ich leben werde, wenn ich mich hier niederlasse. Und an so etwas muß man ja schließlich denken, wenn man über sechzig ist. Es sollte mich nicht wundern, wenn ich hier in dieser Welt keinen einzigen Tag älter werde! Phantastisch! Das Land der ewigen Jugend!«

»Oh!« rief Digory. »Das Land der ewigen Jugend? Glaubst du das wirklich?« Natürlich erinnerte er sich noch daran, was Tante Letty zu der Frau mit den Trauben gesagt hatte, und jetzt begann er von neuem Hoffnung zu schöpfen. »Onkel Andrew, meinst du, hier gibt es etwas, das meine Mutter gesund machen könnte?«

»Wie kommst du denn auf *die* Idee?« wollte Onkel Andrew wissen. »Wir sind doch nicht in der Apotheke hier. Aber wie ich eben sagte . . .«

»Meine Mutter interessiert dich also keinen Pfifferling!« sagte Digory wütend. »Dabei ist sie nicht nur meine Mutter, sondern auch deine Schwester! Na ja, was soll's. Ich frage einfach den Löwen, ob er mir helfen kann.« Er drehte sich um und ging rasch davon. Polly blieb einen Augenblick lang stehen, dann folgte sie ihm nach.

»He! Halt! Kommt zurück! Der Junge ist übergeschnappt!« schrie Onkel Andrew. Er folgte den Kindern in angemessener Entfernung, denn einerseits wollte er in der Nähe der grünen Ringe bleiben, anderseits hatte er nicht vor, dem Löwen zu nahe zu kommen.

Ein paar Minuten später war Digory am Waldrand angekommen. Dort blieb er stehen. Der Löwe sang noch immer, doch inzwischen hatte sich das Lied wieder verändert. Jetzt klang es eher wie das, was wir eine Melodie nennen, nur viel wilder. Sobald man es hörte, war einem danach zumute, zu hüpfen und zu springen, zu klettern und zu schreien, und man bekam Lust, auf andere Menschen zuzurennen, sie zu umarmen oder gegen sie zu kämpfen. Digorys Gesicht wurde ganz heiß und rot. Sogar bei Onkel Andrew zeigte sich eine Wirkung, denn Digory hörte ihn sagen: »Ein mutiges Mädchen. Zu schade, daß sie so unbeherrscht ist, aber ein verdammt prächtiges Weib ist sie trotzdem. Ein verdammt prächtiges Weib.« Aber das, was dieses Lied bei den Menschen anrichtete, war noch gar nichts, verglichen mit dem, was es in der Natur auslöste.

Könnt ihr euch vorstellen, wie es aussieht, wenn eine Wiese zu blubbern beginnt wie Wasser in einem Topf? Denn so ähnlich sah es aus, was da jetzt geschah. Ringsumher erhoben sich blasenartige Auswüchse, manche nicht größer als ein Maulwurfshügel, andere so groß wie Schubkarren, und zwei so groß wie Häuser. Diese Auswüchse schwollen an und rührten sich, bis sie platzten und die lockere Erde hervorquoll. Dann tauchte aus jeder Öffnung ein Tier auf. Da kamen Maulwürfe herausgekrochen, genau wie man das auch in unserer Welt beobachten kann, und Hunde, die zu bellen begannen, sobald sie den Kopf frei hatten. Sie zappelten genauso, wie ein Hund das normalerweise tut, wenn er durch eine enge Lücke in der Hecke kriecht. Am eigenartigsten war es, den Hirschen zuzusehen, denn natürlich tauchten ihre Geweihe lange vor dem restlichen Körper auf, weshalb Digory zuerst meinte, es seien Bäume. Die Frösche, die alle in der Nähe des Flusses aus der Erde krabbelten, hüpften plitsch-platsch ins Wasser und begannen zu quaken. Die Panther, die Leoparden und die übrigen katzenartigen Tiere setzten sich sofort hin, putzten sich die Erdkrumen vom Fell und stellten sich an die Bäume, um die Krallen an ihren Vordertatzen zu schärfen. Aus den Bäumen erhoben sich Vogelschwärme, Schmetterlinge flatterten durch die Luft. Die Bienen ließen sich auf den Blumen nieder und machten sich so flugs an die Arbeit, als gälte es, keine Sekunde zu verlieren. Aber am beeindruckendsten war es, als der größte Auswuchs wie bei einem kleinen Erdbeben aufbrach und der gewölbte Rücken, der riesige, kluge Kopf und die vier wuchtigen Beine eines Elefanten auftauchten. Jetzt war der Gesang des Löwen kaum noch zu hören; so wie es von allen Seiten gackerte, gurrte, krähte, schrie, wieherte, kläffte, bellte, muhte, blökte und trompetete.

Zwar hörte Digory den Löwen nicht mehr, aber sehen konnte er ihn noch. Er war so riesig, und er leuchtete so, daß Digory die Augen nicht abwenden konnte. Die anderen Tiere schienen sich nicht vor dem Löwen zu fürchten. Genau in diesem Augenblick hörte Digory von hinten Hufgeklapper; einen Augenblick später trabte der alte Droschkengaul an ihm vorbei und gesellte sich zu den übrigen Tieren. Offensichtlich hatte ihm die Luft hier genauso gut getan wie Onkel Andrew. Er sah nicht mehr aus wie der arme, alte, versklavte Gaul – jetzt hob er ordentlich die Füße an und hielt den Kopf hoch aufgereckt. Der Löwe verstummte und begann, zwischen den Tieren auf und ab zu gehen, die sich paarweise – jeweils ein männliches und ein weibliches Tier zusammen – aufgestellt hatten. Von Zeit zu Zeit trat er zu einem Tierpaar und rieb mit seiner Nase an den ihren. Von allen Dachsen berührte er also zwei, genauso hielt er es bei den Leoparden, bei den Hirschen, und bei all den anderen. Einige Tierarten ließ er allerdings ganz außer acht. Die Paare, die er berührt hatte, verließen ihre Artgenossen und folgten ihm. Zuletzt blieb er reglos stehen, und all die ausgewählten Kreaturen umstanden ihn in einem weiten Kreis. Die anderen trollten sich nach und nach davon, und ihre verschiedenen Geräusche verklangen langsam in der Ferne. Die auserwählten Tiere verhielten sich vollkommen still, und alle hatten den Blick auf den Löwen gerichtet. Die katzenartigen Tiere zuckten ab und zu mit dem Schwanz, doch sonst rührte sich keiner. Zum ersten Mal an diesem Tag herrschte absolute Stille. Nur das Plätschern des Wassers war noch zu hören. Digory schlug das Herz bis zum Hals; er wußte, daß etwas Feierliches bevorstand. Seine Mutter hatte er nicht vergessen, aber er wußte, das, was hier stattfand, durfte er nicht unterbrechen, nicht einmal ihretwegen.

Ohne ein einziges Mal zu blinzeln, starrte der Löwe die Tiere so durchdringend an, als wolle er sie mit seinem Blick verbrennen. Nach und nach veränderten sie sich. Die kleinen – so wie zum Beispiel die Kaninchen und die Maulwürfe – wurden wesentlich größer, die großen wurden ein bißchen kleiner. Vor allem bei den Elefanten fiel das auf. Viele setzten sich auf die Hinterbeine, und die meisten legten den Kopf schief, so als müßten sie sich mächtig anstrengen, um zu verstehen, was da vor sich ging. Der Löwe öffnete das Maul, doch kein Ton kam heraus. Er stieß einen langwährenden warmen Atemzug aus, unter dem die Tiere sanft zu schwanken begannen wie Bäume im Wind. Hoch oben, hinter dem Schleier des blauen Himmels, begannen die Sterne wieder zu singen, mit einer reinen, kalten, schwierigen Melodie. Dann zuckte ein Strahl herab, so grell wie Feuer, doch er verbrannte keinen. Entweder der Himmel oder der Löwe hatte ihn ausgesandt. Die Kinder erschauerten, als die tiefste, wildeste Stimme, die je vernommen wurde, verkündete:

»Narnia, Narnia, erwache! Lieben sollst du. Denken. Reden. Den Bäumen sollen Füße wachsen, den Kreaturen Stimmen. Heilig seien deine Gewässer.«

Der erste Witz und anderes mehr

Das war natürlich die Stimme des Löwen. Die Kinder hatten schon lange geahnt, daß er sprechen konnte; trotzdem war es ein herrlicher und schlimmer Schreck, als er es dann wirklich tat.

Zwischen den Bäumen trat ein wildes Völkchen hervor, Götter und Göttinnen des Waldes. Mit ihnen kamen Faune, Satyre und Zwerge, und aus dem Fluß erhob sich der Flußgott mit seinen Najadentöchtern. Und mit den verschiedensten Stimmen – laut und leise, hoch und tief – entgegneten sie gemeinsam mit den Tieren:

»Sei gegrüßt, Aslan. Wir hören und gehorchen. Wir sind erwacht. Wir lieben. Wir sprechen. Wir wissen.«

»Aber viel wissen wir noch nicht«, warf eine vorwitzige Stimme ein. Die Kinder fuhren zusammen. Es war die Stimme des Kutschergauls.

»Guter alter Goldapfel«, sagte Polly. »Ich freue mich, daß er zu denen gehört, die auserwählt wurden als sprechende Tiere.« Und der Kutscher, der eben zu den Kindern getreten war, fügte hinzu: »Ich glaub, ich werd verrückt. Aber ich hab ja schon immer gesagt, daß der Gaul ’nen Haufen Grips hat im Hirn.«

»Kreaturen, ich gebe euch euch selbst«, sagte die mächtige, glückliche Stimme Aslans. »Ich gebe euch dieses Land namens Narnia für alle Zeiten. Ich gebe euch die Wälder, die Früchte, die Flüsse. Ich gebe euch die Sterne, und mich selbst gebe ich auch. Und auch die stummen Tiere, die ich nicht auserwählt habe, sollen die euren sein. Behandelt sie gut und liebt sie, doch werdet nicht wieder wie sie, sonst seid ihr keine sprechenden Tiere mehr. Von ihnen seid ihr gekommen, und zu ihnen könnt ihr wieder werden. Doch davor solltet ihr euch hüten!«

»Ja, Aslan, das machen wir, das machen wir«, sagten alle. Eine vorlaute Dohle fügte hinzu: »Da brauchst du dir keine Sorgen zu machen!« Da alle anderen inzwischen verstummt waren, schallten ihre Worte laut durch die Stille. Sicher wißt ihr, wie peinlich so etwas sein kann. Die Dohle war so verlegen, daß sie den Kopf unter die Flügel steckte, als wolle sie schlafen. Und alle anderen Tiere stießen die verschiedensten komischen Geräusche aus – sie lachten. Doch so etwas wurde hier in unserer Welt natürlich noch nie gehört. Zuerst versuchten sie, ihr Gelächter zu unterdrücken, doch Aslan sagte:

»Lacht nur und fürchtet euch nicht, ihr Kreaturen. Jetzt, wo ihr nicht mehr stumm seid und ohne Verstand, braucht ihr nicht mehr unentwegt ernst zu sein. Denn Witz und Gerechtigkeit gehen Hand in Hand mit der Sprache.«

Also lachten sie alle frei heraus, und bei all der Fröhlichkeit schöpfte die Dohle wieder Mut. Sie setzte sich auf den Kopf des Droschkenpferds, genau zwischen die beiden Ohren, schlug mit den Flügeln und sagte:

»Aslan! Aslan! Habe ich den ersten Witz gemacht? Wird es bis in alle Ewigkeit jeder erfahren, daß ich den ersten Witz gemacht habe?«

»Nein, kleiner Freund«, entgegnete der Löwe. »Du hast nicht den ersten Witz *gemacht*, du *warst* der erste Witz.« Jetzt lachten alle noch mehr als zuvor, aber das störte die Dohle nicht. Sie lachte ebenso laut mit, bis das Pferd den Kopf schüttelte und sie herunterfiel. Erst bevor sie am Boden auftraf, fiel ihr wieder ein, daß sie ja Flügel hatte. Daran hatte sie sich nämlich noch nicht so recht gewöhnt.

»Und nun ist Narnia entstanden«, sagte Aslan. »Als nächstes müssen wir uns Gedanken machen, wie wir es schützen können. Ich werde einige von euch zu einem Rat einberufen. Kommt her zu mir: du, oberster Zwerg; du, Flußgott; du, Eiche, und du, männliche Eule; ihr beiden Raben und du, Elefantenbulle. Wir müssen uns beraten. Diese Welt ist zwar noch keine fünf Stunden alt, und doch ist schon das Böse hier eingezogen.«

Die ausgesuchten Tiere traten vor, und gemeinsam mit ihnen wandte sich der Löwe nach Osten. Die anderen begannen wild durcheinanderzuplappern: »Was hat er gesagt, wer da eingezogen sei in unsere Welt? – Eine Blöße? – Was ist eine Blöße? – Nein, er hat nicht Blöße gesagt, sondern Klöße! – Tja, und was könnte das wohl sein?«

»Hör mal, Polly«, sagte Digory. »Ich muß ihm nachgehen – dem Löwen, meine ich. Ich muß mit ihm reden.«

»Meinst du, das geht?« sagte Polly. »Das würde ich mir nicht trauen.«

»Ich muß es tun«, antwortete Digory. »Wegen meiner Mutter. Wenn es jemanden gibt, der ihr noch helfen kann, dann ist er es.«

»Ich komm mit«, erklärte der Kutscher. »Der Löwe gefällt mir. Und ich glaub kaum, daß uns die andern Viecher an den Kragen wollen, außerdem würd' ich gern mit meinem Gaul ein Wörtchen reden.«

Also faßten alle drei Mut und machten sich auf den Weg. Die versammelten Tiere waren so sehr damit beschäftigt, sich zu unterhalten und Freundschaften zu schließen, daß sie die drei Menschen erst bemerkten, als diese schon ganz in ihrer Nähe standen. Auch Onkel Andrew schienen sie nicht zu hören, der ein Stückchen weiter mit zittrigen Beinen dastand und laut – aber nicht allzulaut – rief:

»Digory! Komm zurück! Du kommst jetzt sofort, wenn ich es dir befehle! Ich verbiete dir, noch einen einzigen Schritt weiterzugehen!«

Als die drei schließlich mitten zwischen den Tieren standen, hörten diese auf zu reden und starrten.

»He!« sagte der männliche Biber schließlich. »Was sind denn das für Dinger, im Namen Aslans?«

»Bitte«, begann Digory ziemlich aufgeregt, doch da unterbrach ihn ein Kaninchen: »Also, ich glaube, die müssen so etwas Ähnliches sein wie große Salatköpfe.«

»Nein, das sind wir nicht. Ehrlich«, erklärte Polly hastig. »Wir schmekken überhaupt nicht gut.«

»Seht ihr!« meinte der Maulwurf. »Sie können reden. Wer hat jemals von einem Salatkopf gehört, der reden kann?«

»Vielleicht sind sie der zweite Witz?« schlug die Dohle vor.
Ein Panther, der eben damit beschäftigt war, sich das Gesicht zu putzen, sagte: »Tja, wenn das zutrifft, dann sind sie jedenfalls nicht so lustig wie der erste Witz. Also, ich für meinen Teil, ich sehe nichts Komisches an ihnen.« Er gähnte und machte sich wieder an seine Gesichtswäsche.
»O bitte«, sagte Digory. »Ich hab's so schrecklich eilig. Ich muß mit dem Löwen reden.«
Die ganze Zeit über hatte der Kutscher versucht, Goldapfels Blick zu erhaschen. Jetzt endlich hatte er Glück. »Goldapfel, mein Junge, du kennst mich doch. Du kannst doch nicht einfach rumstehn und so tun, als ob du mich überhaupt nicht kennst!«
»Wovon redet dieses Dingsda, Pferd?« erklangen mehrere Stimmen.
»Tja«, erwiderte das Pferd bedächtig. »Ich weiß nicht so recht. Ich glaube, wir wissen alle miteinander noch nicht allzuviel. Aber mir kommt es vor, als hätte ich so ein Dingsda schon mal gesehen. Mir ist, als hätte ich schon mal woanders gelebt, oder als wäre ich irgendwas anderes gewesen, bevor uns Aslan vor ein paar Minuten aufgeweckt hat. Aber es ist alles ganz verschwommen. In meinem Traum – wenn es ein Traum war – kommen jedenfalls so Dinger wie die drei hier ebenfalls vor.«
»Was?« empörte sich der Kutscher. »Du kennst mich nicht? Mich, wo ich dir jeden Abend 'nen heißen Brei gebracht habe, wenn's dir nicht so gut ging? Und wo ich dich immer so schön abgerieben hab? Und wo ich nie vergessen hab, 'nen Lumpen über dich zu legen, wenn du in der Kälte stehen mußtest? Das hätte ich nicht von dir gedacht, Goldapfel.«
»Jetzt erinnere ich mich langsam wieder«, meinte das Pferd nachdenklich. »Ja. Wie war das nur? Ja, du hast immer so ein gräßliches schwarzes Ding hinter mich gebunden. Und geschlagen hast du mich, damit ich rannte. Und ich konnte rennen, so weit ich wollte, immer kam das schwarze Ding rüttel-schüttel hinter mir hergepoltert.«
»Aber das war doch, weil wir unser täglich Brot verdienen mußten«, sagte der Kutscher. »Deines genausogut wie meines. Und ohne Arbeit und ohne Peitsche hätt's auch keinen Stall gegeben, kein Heu, keinen Brei und keinen Hafer. Denn ab und zu hast du ja Hafer zu kosten gekriegt, wenn ich's mir leisten konnte. Das kann keiner bestreiten.«

»Hafer?« sagte das Pferd und stellte die Ohren auf. »Ja, da fällt mir etwas ein. Ja. Jetzt erinnere ich mich mehr und mehr. Du hast immer irgendwo hinter mir gesessen, ich rannte vorn, und ich mußte dich und das schwarze Ding ziehen. Ich habe die ganze Arbeit geleistet, da bin ich ganz sicher.«
»Ich geb ja zu, was den Sommer betrifft, hast du recht«, sagte der Kutscher. »Dir war's heiß, und ich saß an 'nem kühlen Plätzchen. Aber was ist mit dem Winter, alter Junge, wo's dir warm war vom Laufen, während ich da oben saß mit Füßen wie Eisklumpen, und der Wind hat mir fast die Nasenspitze abgerissen, und meine Hände waren so taub, ich konnte kaum die Zügel halten?«
»Es war ein hartes, grausames Land«, sagte Goldapfel. »Kein Gras. Nur harte Steine.«
»Ganz recht, alter Knabe, ganz recht«, stimmte der Kutscher zu. »'ne harte Welt war's. Ja, das war's. Ich hab immer gesagt, die Pflastersteine sind nichts Rechtes für 'n Pferd. Aber so ist das eben in London. Hat mir genausowenig gefallen wie dir. Du kamst vom Land, und ich genauso. Im Chor hab ich gesungen, ja wirklich, da, wo ich herkam. Aber dort war nichts zu verdienen für mich.«
»Oh, bitte, bitte«, sagte Digory. »Könnten wir weitergehen? Der Löwe ist schon so weit weg. Und ich muß wirklich unbedingt mit ihm reden.«
»Hör zu, Goldapfel«, sagte der Kutscher. »Dieser junge Herr hat was zu besprechen mit dem Löwen, den ihr Aslan nennt. Du könntest ihn ja auf dir reiten lassen und ihn zum Löwen rüberbringen. Das wär' dem jungen Mann bestimmt recht. Ich komm dann mit dem kleinen Mädchen hinterher.«
»Reiten soll ich ihn lassen?« fragte Goldapfel. »Oh, jetzt fällt es mir wieder ein. Das bedeutet, daß er sich auf meinen Rücken setzt. Vor langer Zeit gab es mal so einen kleinen Zweibeiner wie euch, der hat das auch gemacht. Er hat mir immer so kleine, harte viereckige Dinger aus weißem Zeug gegeben. Herrlich hat das geschmeckt – noch süßer als Gras.«
»Oh, das muß Zucker gewesen sein«, meinte der Kutscher.
»Bitte, Goldapfel, laß mich auf deinem Rücken sitzen und bring mich zu Aslan«, bat Digory.
»Na gut«, sagte das Pferd. »Ausnahmsweise. Hinauf mit dir.«

»Guter alter Goldapfel«, meinte der Kutscher. »Hier, Kleiner, ich heb dich hoch.« Gleich darauf saß Digory auf Goldapfels Rücken. Er saß sogar recht bequem, denn sein eigenes Pony hatte er auch schon ohne Sattel geritten.
»So, los geht's, Goldapfel!« rief er.
»Du hast nicht zufällig ein bißchen von dem weißen Zeug dabei, was?« erkundigte sich das Pferd.
»Nein, leider nicht.«
»Na ja, da kann man nichts machen«, seufzte Goldapfel und setzte sich in Bewegung.
In diesem Moment meldete sich eine große Bulldogge, die unentwegt herumschnüffelte und sich umsah:
»Seht mal, da drüben am Fluß! Unter den Bäumen! Ist da nicht noch eines von diesen komischen Dingern?«
Alle schauten hinüber. Dort unter den Rhododendronbüschen stand Onkel Andrew. In der Hoffnung, keiner möge ihn sehen, verhielt er sich mucksmäuschenstill.
»Los!« erklangen mehrere Stimmen. »Wir laufen hinüber und gucken nach.« Während also Goldapfel mit Digory auf dem Rücken und Polly und dem Kutscher auf den Fersen rasch in die eine Richtung trottete, rannten fast alle Tiere brüllend, bellend und grunzend zu Onkel Andrew hinüber.
Ich muß jetzt ein Stückchen zurückgehen und erklären, wie sich diese ganzen Vorkommnisse aus Onkel Andrews Sicht abgespielt hatten. Auf ihn hatte das Ganze einen völlig anderen Eindruck gemacht als auf den Kutscher und die beiden Kinder. Denn was man sieht und hört, hängt immer weitgehend davon ab, wo man steht. Und natürlich ist es auch wichtig, was für ein Mensch man selbst ist.
Seit dem ersten Auftauchen der Tiere war Onkel Andrew immer weiter ins Gebüsch zurückgewichen. Natürlich behielt er sie ganz genau im Auge – nicht weil ihn interessierte, was sie taten, sondern weil er sehen wollte, ob sie einen Angriff auf ihn starteten. Er war schrecklich praktisch veranlagt, genau wie die Hexe. Ihm fiel überhaupt nicht auf, daß Aslan von jeder Tiergattung ein Paar auswählte. Er sah nur, daß viele gefährliche Tiere ziellos hin und her liefen. Außerdem überlegte er unentwegt, warum sie wohl nicht vor dem riesigen Löwen davonrannten.

Auch der große Augenblick, als die Tiere zu reden begannen, ging völlig unbemerkt an ihm vorüber. Der Grund dafür war recht interessant. Ganz am Anfang, als es noch dunkel war, da hatte Onkel Andrew das Lied des Löwen gehört. Und das hatte ihm ganz und gar mißfallen. Es löste Gedanken und Gefühle in ihm aus, die ihm widerstrebten. Dann, als die Sonne aufging und er sah, daß es ein Löwe war, der da sang, bemühte er sich krampfhaft, sich einzureden, das sei kein Gesang, sondern vielmehr ganz normales Löwengebrüll, so wie man das in allen Tiergärten der Welt hören kann. Das kann doch gar kein Lied gewesen sein, dachte er. Reine Einbildung. Ich verliere langsam die Nerven. Ein Löwe, der singt? Nie gehört! Und je länger und schöner der Löwe sang, desto mehr redete Onkel Andrew sich ein, daß es nur Gebrüll war, was er da hörte. Und wenn man versucht, sich selber dümmer zu machen, als man ist, dann gelingt einem das blöderweise auch meistens. So ging es jetzt Onkel Andrew. Schon nach kürzester Zeit hörte er tatsächlich nur noch Löwengebrüll. Ein kleines Weilchen später hätte er das Lied auch dann nicht mehr gehört, wenn er gewollt hätte. Als der Löwe schließlich zu reden begann und sagte: »Narnia, erwache!«, da hörte er nur ein Fauchen. Und als die Tiere antworteten, hörte er nur Gebell, Geknurre, Gekläffe und Geheul. Und als sie zu lachen begannen, da erschrak er zu Tode. So ein schrecklich blutrünstiges Toben von hungrigen und wütenden Bestien hatte er noch nie gehört. Dann sah er zu seinem Entsetzen, wie die anderen drei Menschen hervortraten und auf die Tiere zugingen.

Diese Narren! sagte er bei sich. Jetzt fressen diese Bestien die Kinder mitsamt den Ringen, und ich komme nie wieder weg von hier. Dieser Digory denkt wirklich nur an sich! Und die anderen genauso. Wenn sie sich unbedingt umbringen wollen, dann ist das ihre Sache. Aber was ist mit *mir*? Das ist denen egal. An *mich* denkt keiner.

Als die ganze Meute schließlich auf ihn zugerast kam, drehte er sich um und rannte um sein Leben. Jetzt war ganz klar zu erkennen, daß die gute Luft dieser jungen Welt dem alten Knaben ausgesprochen guttat. In London war er zum Rennen viel zu alt gewesen; hier raste er so schnell, daß er mit seiner Geschwindigkeit noch einen Wettlauf hätte gewinnen können. So rannte er also mit flatternden Frackschößen dahin, was urkomisch aussah, aber natürlich nutzte ihm das überhaupt

nichts. Viele der Tiere konnten schrecklich schnell rennen, außerdem rannten sie das erste Mal in ihrem Leben, und sie wollten ihre neuen Muskeln ausprobieren. »Nichts wie hinterher!« riefen sie. »Vielleicht ist er diese Blöße! Hallo! Ho! Nichts wie los! Schneidet ihm den Weg ab! Kreist ihn ein! So ist's recht! Hurra!«
Kurz darauf hatten einige von ihnen Onkel Andrew schon überholt. Jetzt stellten sie sich in einer Reihe auf und versperrten ihm den Weg. Die anderen kamen von hinten. Er mochte hinschauen, wo er wollte: jedesmal packte ihn das Entsetzen. Da ragten riesige Elchgeweihe, über ihm drohte das riesige Gesicht eines Elefanten, hinter ihm brummten und grunzten schwere, übelgelaunte Bären und Wildschweine; Leoparden und Panther mit überheblichen Gesichtern starrten ihn sarkastisch an (so kam es ihm wenigstens vor) und zuckten dabei mit den Schwänzen. Was ihn am meisten beeindruckte, waren die vielen offenen Mäuler. In Wirklichkeit sperrten die meisten ihr Maul nur auf, weil ihnen so warm war, daß sie hecheln mußten. Aber Onkel Andrew war sicher, daß sie ihn fressen wollten.
Zitternd und wankend stand er da. Selbst zu den besten Zeiten war er nicht gerade ein Tierfreund. Er hatte nämlich meistens Angst vor ihnen. Dazu kamen die vielen grausamen Experimente in den letzten Jahren, und dadurch haßte und fürchtete er sich noch viel mehr.
»So!« sagte die Bulldogge ganz sachlich. »Bist du Tier, Pflanze oder Mineral?« Doch alles, was Onkel Andrew hörte, war ein »Gr – r – r – arrr – orrr!«

Digory und Onkel Andrew ergeht es schlecht

Ihr haltet die Tiere ja vielleicht für schrecklich dumm, weil sie nicht sofort sahen, daß Onkel Andrew zur gleichen Gattung gehörte wie die beiden Kinder und der Kutscher. Aber ihr dürft nicht vergessen, daß sie von so etwas wie Kleidern rein gar nichts wußten. Sie dachten, Pollys Kleid und Digorys Anzug und der Hut des Kutschers seien genauso Teil des Körpers wie bei ihnen selbst Pelz oder Gefieder. Daß diese drei zu ein und derselben Art gehörten, hatten sie erst im Verlauf der

Unterhaltung mit ihnen gemerkt. Außerdem schien ja auch Goldapfel, das Pferd, dieser Meinung zu sein. Nun war Onkel Andrew viel größer als die Kinder und viel dürrer als der Kutscher, und abgesehen von seiner inzwischen nicht mehr allzu weißen Weste war er ganz in Schwarz gekleidet, und sein mittlerweile schrecklich zerzauster grauer Haarbusch unterschied ihn gründlich von den anderen dreien. So war es also nicht weiter verwunderlich, daß die Tiere verwirrt waren. Den letzten Ausschlag gab, daß er offensichtlich nicht reden konnte.

Versucht hatte er es. Als ihn die Bulldogge ansprach (oder anknurrte, wie er meinte), da streckte er seine zittrige Hand aus und keuchte: »Gutes Hundchen, gutes Kerlchen.« Aber die Tiere verstanden ihn genausowenig wie er sie. Sie hörten keine Worte, nur undeutliche Zischlaute. Vielleicht ist es ja ganz gut, daß sie ihn nicht verstanden, denn kein Hund – und am allerwenigsten ein sprechender Hund aus Narnia – läßt sich gern »Gutes Hundchen« nennen, genausowenig wie sich einer von euch gern »Mein gutes Männchen« nennen ließe.

Und dann fiel Onkel Andrew ohnmächtig zu Boden.

»Da!« sagte ein Warzenschwein. »Es ist nur ein Baum. Hab ich mir doch gleich gedacht.« Die Tiere hatten ja noch nie jemand stürzen, geschweige denn ohnmächtig werden sehen.

Die Bulldogge beschnupperte Onkel Andrew von Kopf bis Fuß. Jetzt hob sie den Kopf und sagte: »Es ist ein Lebewesen. Auf jeden Fall. Es gehört vermutlich zu der gleichen Sorte wie die anderen drei.«

»Das verstehe ich nicht«, meinte einer der Bären. »Ein Tier fällt doch nicht einfach um. Wir sind Tiere, und so was passiert uns nie. Wir stehen aufrecht. So.« Er erhob sich auf die Hinterbeine, machte einen Schritt rückwärts, stolperte über einen niedrigen Ast und fiel platt aufs Hinterteil.

»Der dritte Witz, der dritte Witz, der dritte Witz!« verkündete die Dohle in heller Aufregung.

»Ich glaube immer noch, es ist etwas Baumartiges«, sagte das Warzenschwein.

»Wenn es ein Baum ist, dann ist vielleicht ein Bienennest darin versteckt«, meinte der zweite Bär.

»Baum ist es bestimmt keiner«, behauptete der Dachs. »Ich hatte den Eindruck, es wollte etwas sagen, bevor es umfiel.«

»Das war nur der Wind in seinen Zweigen«, widersprach das Warzenschwein.
»Du willst doch wohl nicht behaupten, das sei ein sprechendes Tier? Worte habe ich keine gehört«, sagte die Dohle zum Dachs.
»Trotzdem . . .« meldete sich das Elefantenweibchen. (Der Elefantenbulle war ja mit Aslan fortgegangen.) »Trotzdem könnte es ein Tier sein. Wäre es nicht möglich, daß dieser weiße Klumpen am einen Ende das Gesicht ist? Und die Löcher hier könnten die Augen und der Mund sein. Nase hat es natürlich keine. Aber – eh – man darf ja nicht so engstirnig sein. Nur sehr wenige von uns haben das, was man eine richtige Nase nennen könnte.« Die Elefantenkuh schielte stolz auf ihren langen Rüssel hinunter.
»Ich erhebe Einspruch gegen diese Bemerkung«, sagte die Bulldogge.
»Der Elefant hat ganz recht«, mischte sich da der Tapir ein.
»Ich will euch mal was sagen!« verkündete der Esel munter. »Vielleicht ist es ein Tier, das sich nur einbildet, reden zu können.«
»Ob man es wohl aufstellen könnte?« überlegte der Elefant laut. Sanft hob er mit dem Rüssel die kraftlose Gestalt an und stellte sie auf. Nur leider verkehrt herum, und so kullerten ein paar Münzen aus Onkel Andrews Taschen. Doch es hatte keinen Zweck, denn Onkel Andrew brach sofort wieder zusammen.
»Also!« erklangen mehrere Stimmen. »Es kann kein Tier sein. Es lebt nicht.«
»Ich sage euch, es *ist* eins!« behauptete die Bulldogge. »Riecht doch selbst mal!«
»Der Geruch ist nicht alles«, sagte der Elefant.
»Wem sollte man denn vertrauen, wenn nicht der Nase?« fragte die Bulldogge.
»Tja, dem Gehirn vielleicht?« schlug der Elefant nachsichtig vor.
»Ich erhebe Einspruch gegen diese Bemerkung«, sagte die Bulldogge.
»Also, irgendwas müssen wir unternehmen«, stellte der Elefant fest. »Es könnte ja diese Blöße sein, und dann müssen wir sie Aslan zeigen. Was meint ihr? Ist es ein Tier oder eher etwas Baumartiges?«
»Ein Baum ist es! Ein Baum!« riefen Dutzende von Stimmen.
»Also gut«, meinte der Elefant. »Wenn es ein Baum ist, dann müssen wir ihn einpflanzen. Aber erst brauchen wir ein Loch.«

Das hatten die beiden Maulwürfe schnell erledigt. Zuerst konnten sich die Tiere nicht einigen, was oben war und was unten, und um ein Haar hätten sie Onkel Andrew mit dem Kopf in der Erde eingepflanzt. Ein paar Tiere waren der Ansicht, seine Beine müßten die Äste sein und das graue, wirre Zeug auf seinem Kopf die Wurzeln, doch da meinten andere, an dem gegabelten Ende sei das Ding schmutziger und breiter verzweigt, so wie das ja auch bei den Wurzeln der Fall ist. Also wurde Onkel Andrew schließlich und endlich mit den Füßen nach unten und dem Kopf nach oben eingepflanzt. Nach dem Festklopfen reichte ihm die Erde bis übers Knie.

»Es sieht schrecklich verwelkt aus«, sagte der Esel.

»Natürlich muß es erst mal gegossen werden«, stimmte der Elefant zu. »Vielleicht dürfte ich bemerken – allerdings will ich damit keinen der Anwesenden kränken –, daß meine Nase für so eine Aufgabe vielleicht . . .«

»Ich erhebe Einspruch gegen diese Bemerkung«, sagte die Bulldogge. Der Elefant ging jedoch wortlos zum Fluß, füllte seinen Rüssel mit Wasser und kam zurück. Er ging mehrmals hin und her und überschüttete Onkel Andrew mit Unmengen von Wasser, bis es ihm in Strömen aus den Rockschößen floß und er so tropfnaß war, als habe er mit allen Kleidern am Leib ein Bad genommen. Das erweckte ihn letzten Endes wieder zum Leben. Das war ein Erwachen! Aber wir müssen ihn jetzt allein über seine boshaften Taten nachdenken lassen (sofern er zu so einer vernünftigen Handlung überhaupt fähig war) und uns wichtigeren Ereignissen zuwenden.

Goldapfel trottete mit Digory auf dem Rücken davon, bis die anderen Tiere in der Ferne nicht mehr zu hören waren. Nicht weit von ihnen stand Aslan mit seinen auserwählten Ratgebern. Digory wußte natürlich, daß er diese feierliche Versammlung keinesfalls stören durfte. Doch das war gar nicht nötig. Ein Wort von Aslan, und der Elefantenbulle, die Raben und alle anderen wichen zurück. Digory glitt vom Pferd, und jetzt stand er Aslan gegenüber. Der Löwe war so riesig, so schön, so strahlend golden und so schrecklich, wie Digory es sich niemals hätte träumen lassen, und er wagte es nicht, ihm in die Augen zu schauen.

»Bitte – Herr Löwe – Aslan«, sagte er dann. »Könntest du – dürfte ich

– bitte – würdest du mir bitte eine Zauberfrucht aus diesem Land geben, damit meine Mutter wieder gesund wird?«
Er hoffte verzweifelt, der Löwe möge »ja« sagen, gleichzeitig hatte er schreckliche Angst, er könne »nein« sagen. Als der Löwe weder das eine noch das andere sagte, erschrak er.
»Das ist der Junge«, erklärte Aslan, und dabei schaute er nicht Digory an, sondern seine Ratgeber. »Er war es.«
Oje, dachte Digory. Was hab ich denn jetzt bloß wieder angestellt?
»Sohn Adams«, erklang der Löwe. »In meinem neuen Land Narnia treibt sich eine Hexe herum. Erkläre diesen guten Tieren, wie diese Frau hierhergelangte.«
Ein Dutzend mögliche Antworten schossen Digory durch den Kopf, aber vernünftigerweise sagte er nichts als die reine Wahrheit.
»Ich hab sie gebracht, Aslan«, antwortete er leise.
»Zu welchem Zweck?«
»Ich wollte sie aus meiner eigenen Welt schaffen, dorthin, wo sie herkam. Ich dachte, ich brächte sie zurück in ihre eigene Welt.«
»Wie kam sie denn in deine Welt, Sohn Adams?«
»Durch – durch Zauberei.«
Der Löwe sagte nichts, und Digory mußte noch mehr erklären.
»Mein Onkel war es, Aslan«, sagte er. »Der hat uns mit Zauberringen aus unserer Welt fortgeschickt. Das heißt, ich mußte mich auf die Reise machen, weil er zuerst Polly weggezaubert hatte. Und dann trafen wir die Hexe in einem Land namens Charn, und sie hat sich einfach an uns festgehalten, als wir . . .«
»Du hast die Hexe *getroffen*?« fragte Aslan mit einer leisen Stimme, in der man gleichwohl ein drohendes Knurren zu entdecken vermeinte.
»Sie ist aufgewacht«, sagte Digory unglücklich. Dann wurde er ganz blaß und fuhr fort: »Ich wollte sagen, ich habe sie aufgeweckt. Weil ich wissen wollte, was passiert, wenn ich die Glocke läute. Polly war dagegen. Sie trägt keine Schuld. Ich – ich habe mit ihr gerauft. Ich weiß, das hätte ich nicht tun sollen. Ich glaube, ich war von dem Spruch unter der Glocke ein bißchen verzaubert.«
»So?« fragte Aslan, immer noch mit ganz leiser und tiefer Stimme.
»Nein«, sagte Digory. »Eigentlich nicht. Das ist mir jetzt klar. Ich hab nur so getan.«

Lange herrschte Schweigen. Digory dachte unentwegt: Jetzt hab ich alles verdorben. Jetzt gibt er mir sicher nichts mehr für meine Mutter.
Als der Löwe wieder sprach, wandte er sich nicht an Digory, sondern an die Tiere.
»Meine Freunde«, sagte er. »Ihr seht, daß eine böse Macht in diese neue, saubere Welt eingedrungen ist, noch bevor sieben Stunden verstrichen sind. Und diese böse Macht wurde von diesem Sohn Adams erweckt und hierhergebracht.« Alle Tiere, einschließlich Goldapfel, starrten zu Digory herüber, und am allerliebsten wäre er im Erdboden versunken. »Aber seid nicht betrübt«, sagte Aslan, immer noch zu den Tieren gewandt. »Böses wird kommen aus dieser bösen Macht, aber noch liegt es in weiter Ferne, und ich werde mich bemühen, daß dieses Böse vor allem mich trifft. Bis dahin wollen wir Vorsorge treffen, daß dies für Hunderte von Jahren ein fröhliches Land in einer fröhlichen Welt bleibt. Und weil das Geschlecht Adams für dieses Unheil verantwortlich ist, soll es auch dabei helfen, das Unheil zu mildern. Kommt näher, ihr zwei!«
Die letzten Worte waren an Polly und den Kutscher gerichtet, die inzwischen ebenfalls eingetroffen waren. Mit riesigen Augen und offenem Mund starrte Polly den Löwen an. Dabei klammerte sie sich ganz fest an die Hand des Kutschers. Dieser warf dem Löwen einen einzigen Blick zu und nahm den Hut ab. Barhäuptig hatte ihn bisher noch keiner von ihnen gesehen. Jünger sah er jetzt aus und netter, weniger wie ein Kutscher aus London, sondern eher wie ein Mann vom Land.
»Sohn«, sagte Aslan zu ihm. »Ich kenne dich seit langem. Kennst du mich auch?«
»Nein, Herr«, sagte der Kutscher. »Wenigstens nicht im wahrsten Sinn des Wortes. Und doch hab ich irgendwie das Gefühl, wenn ich das sagen darf, als wären wir uns schon mal begegnet.«
»Gut so«, sagte der Löwe. »Du weißt es besser, als du es zu wissen meinst. Mit der Zeit wirst du mich sogar noch näher kennenlernen. Wie gefällt dir dieses Land?«
»Gar nicht so schlecht, Herr«, antwortete der Kutscher.
»Möchtest du für immer hierbleiben?«
»Nun, Herr, es ist so«, sagte der Kutscher. »Ich bin ein verheirateter Mann. Wär' meine Frau hier, also ich bin fast sicher, dann wollte we-

der sie noch ich jemals wieder nach London zurück. Eigentlich sind wir alle beide vom Land.«

Aslan warf den Kopf zurück, riß das Maul auf und stieß einen langgezogenen, nicht sehr lauten, doch kraftvollen Ton aus. Pollys Herz machte einen Sprung. Sie war sicher, daß dies ein Ruf gewesen war und daß jeder, der ihn hörte, diesem Ruf freiwillig folgte, ja mehr noch – daß er ihm folgen konnte, wieviel Welten und wieviel Jahrhunderte auch dazwischen liegen mochten. Deshalb war Polly zwar von Staunen erfüllt, aber nicht sonderlich überrascht oder erschreckt, als eine junge Frau mit einem freundlichen und ehrlichen Gesicht aus dem Nichts auftauchte und ganz plötzlich neben ihr stand. Polly war sofort klar, daß dies die Frau des Kutschers sein mußte, herbeigezaubert aus unserer Welt, doch nicht mit so umständlichen Zauberringen, sondern rasch, einfach und beschwingt, so wie ein Vogel, der zu seinem Nest geflogen kommt. Die junge Frau hatte wohl eben gewaschen, denn sie trug eine Schürze, ihre Ärmel waren bis zu den Ellenbogen hochgekrempelt, und ihre Hände waren voll mit Seifenschaum. Hätte sie noch Zeit gefunden, ihre Sonntagskleider anzuziehen, dann hätte sie bestimmt gräßlich ausgeschaut (ihr guter Hut war mit falschen Kirschen verziert), aber so war sie recht hübsch.

Natürlich dachte sie, dies alles müsse ein Traum sein. Deshalb rannte sie auch nicht gleich zu ihrem Mann hinüber, um zu fragen, was in aller Welt da mit ihnen passiert sei. Doch als sie den Löwen anblickte, kamen ihr Zweifel, daß das Ganze nur ein Traum war. Doch aus irgendeinem Grund hatte sie gar keine große Angst vor ihm. Sie machte einen kleinen Knicks, so wie das manche Mädchen vom Land in jenen Tagen noch machten, ging zum Kutscher hinüber, nahm seine Hand und schaute sich ein wenig scheu um.

»Meine Kinder«, sagte Aslan und blickte die beiden fest an. »Ihr werdet das erste Königspaar von Narnia sein.«

Der Kutscher riß erstaunt den Mund auf, und seine Frau wurde rot.

»Ihr werdet all diesen Kreaturen Namen geben und über sie regieren. Ihr werdet für Recht und Ordnung unter ihnen sorgen, und ihr werdet sie vor ihren Feinden schützen, wann immer es nötig sein wird. Und es wird nötig werden, denn in dieser Welt treibt sich eine böse Hexe herum.«

Der Kutscher mußte zwei- oder dreimal kräftig schlucken. Dann räusperte er sich.
»Mit Ihrer Erlaubnis, Herr«, sagte er, »und mit gütigstem Dank auch von meiner Frau – aber ich bin nicht der richtige Mann für so 'ne Arbeit. Ich bin nicht lang zur Schule gegangen.«
»Nun«, entgegnete Aslan. »Kannst du mit dem Spaten und mit dem Pflug umgehen und Felder bestellen?«
»Ja, Herr, das kann ich schon eher. Mit solchen Arbeiten bin ich ja aufgewachsen.«
»Kannst du freundlich und gerecht über diese Kreaturen regieren, ohne zu vergessen, daß sie nicht Sklaven sind wie die geistlosen Tiere der Welt, aus der du kommst, sondern sprechende, freie Wesen?«
»Das sehe ich, Herr«, entgegnete der Kutscher. »Ich werd' versuchen, es allen recht zu machen.«
»Wirst du auch deine Kinder und Kindeskinder in diesem Sinn erziehen?«
»Zumindest würd' ich's versuchen, Herr. Ich würd' mein Bestes tun. Das würden wir doch, Nellie, oder nicht?«
»Und wirst du weder unter deinen Kindern noch unter den anderen Kreaturen jemanden bevorzugen? Und wirst du auch nicht dulden, daß sie sich gegenseitig unterdrücken oder schlecht behandeln?«
»So was würd' ich nie dulden, Herr, und das ist die Wahrheit. Ich werd's ihnen schon besorgen, wenn ich sie bei so was erwische«, sagte der Kutscher, dessen Stimme im Verlauf dieser Unterhaltung immer bedächtiger und kraftvoller wurde und immer mehr der Stimme ähnelte, die er damals auf dem Land gehabt hatte.
»Und wenn sich ein Feind gegen das Land erhebt – was sicherlich geschehen wird – und es gibt Krieg, wirst du dann der erste beim Angriff und der letzte beim Rückzug sein?«
»Nun ja, Herr«, sagte der Kutscher zögernd. »So was weiß man nie so recht, bevor man's ausprobiert hat. Vielleicht stellt sich raus, daß ich ein wahrhaftiger Feigling bin. Gekämpft hab ich noch nie, höchstens mal mit den Fäusten. Aber ich will versuchen, meine Pflicht zu erfüllen – zumindest hoffe ich, daß ich's versuchen werd'.«
»Mehr wird von einem König nicht verlangt«, sagte Aslan. »Die Krönung wird in Bälde stattfinden. Gesegnet seist du, deine Kinder und

Kindeskinder. Einige von ihnen werden Könige über Narnia sein, andere werden Archenland regieren, das jenseits der südlichen Berge liegt. Und du, kleine Tochter«, fuhr er zu Polly gewandt fort, »sei mir willkommen. Hast du dem Jungen sein schlimmes Betragen in der Halle der Standbilder im trostlosen Palast von Charn, dem verfluchten Land, verziehen?«
»Ja, Aslan, wir haben uns wieder versöhnt.«
»Gut so«, sagte Aslan. »Und nun zu dem Jungen.«

Goldapfel erlebt ein Abenteuer

Digory hielt die Lippen fest zusammengepreßt. Er fühlte sich immer weniger wohl in seiner Haut. Vor allem hoffte er, daß er nicht gleich losheulen mußte oder sonst etwas Peinliches anstellte.
»Sohn Adams«, sagte Aslan. »Bist du bereit, die Untat zu sühnen, die du meinem geliebten Land Narnia in der Stunde seiner Geburt angetan hast?«
»Tja, ich weiß nur nicht so recht, was ich tun könnte«, antwortete Digory. »Die Hexe ist nämlich weggerannt und . . .«
»Ich fragte, ob du bereit bist«, sagte der Löwe.
»Ja.« Eine Sekunde lang war Digory der verrückte Einfall gekommen, zu sagen: »Ich helfe dir, wenn du meiner Mutter hilfst.« Aber gerade noch rechtzeitig wurde ihm klar, daß der Löwe nicht zu denen gehörte, mit denen man Geschäfte zu machen versuchte. Doch als er »ja« sagte, dachte er an seine Mutter, an seine Hoffnungen, und wie sie jetzt alle davonflogen. Die Kehle wurde ihm eng, und er hatte Tränen in den Augen.
»Aber bitte, Löwe – bitte, könntest du mir was geben, damit meine Mutter wieder gesund wird?« Bis zu diesem Augenblick hatte er auf die großen Vordertatzen des Löwen hinuntergestarrt und auf die riesigen Krallen, doch jetzt blickte er in seiner Verzweiflung auf und sah dem Löwen direkt ins Gesicht. Was er da sah, bescherte ihm die größte Überraschung seines Lebens. Das goldbraune Gesicht war zu ihm heruntergebeugt, und große schimmernde Tränen standen in den Löwen-

augen. So groß waren diese Tränen und so strahlend, verglichen mit seinen eigenen, daß Digory einen Augenblick lang dachte, der Löwe müsse über das schlimme Schicksal seiner Mutter noch trauriger sein als er selbst.
»Mein Sohn, mein Sohn«, sagte Aslan. »Ich weiß. Es ist schlimm, wenn man Kummer hat. Das wissen hier in diesem Land bisher nur du und ich. Wir wollen gut zueinander sein. Aber ich muß an die Zukunft Narnias denken. Die Hexe, die du hierhergebracht hast in unsere Welt, wird Narnia wieder heimsuchen – aber nicht unbedingt sofort. Es ist mein Wunsch, einen Baum in diesem Land zu pflanzen, dem sie sich nicht zu nähern wagt, und dieser Baum wird Narnia für viele Jahre vor ihr schützen. Dieses Land wird einen langen, strahlenden Morgen erleben, bevor sich die Wolken vor die Sonne schieben. Du mußt mir den Samen beschaffen, aus dem dieser Baum wachsen soll.«
»Ja, Herr«, sagte Digory. Er hatte keine Ahnung, wie er das bewerkstelligen sollte, aber er war jetzt fast sicher, daß es ihm gelingen mußte. Der Löwe atmete tief ein, beugte den Kopf noch tiefer und gab ihm einen Löwenkuß. Sofort merkte Digory, wie ihn neue Kraft und neuer Mut durchflossen.
»Lieber Sohn«, sagte Aslan. »Ich werde dir sagen, was du zu tun hast. Dreh dich um, schau nach Westen und sag mir, was du dort siehst!«
»Ich sehe schrecklich hohe Berge, Aslan«, entgegnete Digory. »Einen Fluß sehe ich, der über Klippen herabstürzt. Und hinter den Klippen erheben sich hohe, grüne, bewaldete Hänge. Dahinter liegen noch höhere, fast schwarze Berge. Und dann, ganz weit in der Ferne, sehe ich riesige schneebedeckte Kuppen, eine neben der andern – es sieht fast so aus wie auf den Bildern von den Alpen. Dahinter kommt dann nur noch der Himmel.«
»Du hast gute Augen«, lobte der Löwe. »Das Land Narnia endet dort, wo der Wasserfall herabstürzt. Sobald du an der Spitze der Klippen angelangt bist, liegt Narnia hinter dir, und du hast die Westliche Wildnis erreicht. Über diese Berge mußt du reisen, bis du ein rundum von Gletschern gerahmtes grünes Tal mit einem blauen See findest. Am Ende des Sees erhebt sich ein steiler grüner Hügel, auf dessen Spitze sich ein Garten befindet. In der Mitte dieses Gartens steht ein Baum. Von diesem Baum pflückst du einen Apfel und bringst ihn mir.«

»Ja, Herr«, sagte Digory wieder. Er hatte nicht die geringste Ahnung, wie er auf diese Klippen hinauf und über die Berge hinweg kommen sollte. Aber er sagte nichts, denn er befürchtete, Aslan könne meinen, er wolle sich drücken. Statt dessen sagte er nur: »Ich hoffe, daß es keine Eile hat, Aslan. Bestimmt werde ich ziemlich lange brauchen, bis ich wieder hier bin.«

»Du sollst Hilfe haben, kleiner Sohn Adams«, erwiderte Aslan. Dann drehte er sich zu dem Pferd, das die ganze Zeit über ruhig danebenstand und mit dem Schweif wedelte, um die Fliegen zu vertreiben. Den Kopf hatte es zur Seite gelegt, als habe es Mühe, dem Gespräch zu folgen.

»Hättest du Lust, ein geflügeltes Pferd zu werden, mein Lieber?« fragte Aslan jetzt.

Ihr hättet sehen sollen, wie das Pferd die Mähne schüttelte, die Nüstern blähte und mit dem Huf schlug. Es war ganz klar zu erkennen, daß es große Lust hatte, Flügel zu bekommen. Doch es sagte nur:

»Wenn du willst, Aslan – wenn du meinst – ich weiß nicht, warum du ausgerechnet mich aussuchst – ich bin gewiß kein sehr kluges Pferd.«

»Dir sollen Flügel wachsen. Du sollst der Vater aller geflügelten Pferde sein!« brüllte Aslan, und seine Stimme ließ die Erde erbeben. »Dein Name sei Flügelpfeil.«

Das Pferd scheute, geradeso wie in jenen unglücklichen Tagen, als es noch eine Droschke gezogen hatte. Dann stieg es auf. Es drehte den Kopf nach hinten, als säße auf seinen Schultern eine Stechmücke und es müsse sich kratzen. Und so wie zuvor die Tiere aus der Erde hervorgebrochen waren, brachen aus seinen Schultern jetzt Flügel hervor und begannen zu wachsen. Sie wuchsen größer als die Flügel der Adler, größer als die der Schwäne, größer als die Engelsflügel in den Kirchenfenstern. Braun und kupfern schimmerten die Federn. Das Pferd schlug kraftvoll mit den Flügeln und erhob sich in die Luft. Zwanzig Fuß über Aslan und Digory zog es schnaubend und wiehernd eine Runde. Dann ließ es sich mit allen vier Hufen gleichzeitig ein wenig unbeholfen wieder zur Erde plumpsen. Ein bißchen überrascht sah es aus, doch gleichzeitig überglücklich.

»Gefällt es dir, Flügelpfeil?« erkundigte sich Aslan.

»Ja, es gefällt mir sehr, Aslan«, sagte Flügelpfeil.

»Wirst du diesen kleinen Sohn Adams auf deinem Rücken zu dem Hügeltal tragen, von dem ich sprach?«
»Was? Jetzt? Sofort?« fragte Goldapfel – oder Flügelpfeil, wie wir ihn jetzt nennen müssen. »Hurra! Komm, Kleiner! Solche Geschöpfe wie dich hab ich schon öfter auf dem Rücken getragen. Damals, als es noch grüne Wiesen gab und Zucker.«
»Was gibt es denn da zu flüstern, ihr Töchter Evas?« Aslan drehte sich ganz plötzlich zu Polly und der Frau des Kutschers um, die gerade im Begriff waren, sich anzufreunden.
»Wenn es dir beliebt, Herr«, sagte Königin Helen, denn das war sie ja jetzt geworden, »ich glaube, das kleine Fräulein würde ebenfalls gern mitreisen, sofern es keine Mühe macht.«
»Was meinst du dazu, Flügelpfeil?« fragte der Löwe.
»Ich hab nichts dagegen. Sie sind ja klein und leicht«, entgegnete das Pferd. »Ich hoffe bloß, der Elefant will nicht auch noch mit.«
Das hatte der Elefant nicht vor. Der neue König von Narnia half also den beiden aufs Pferd. Digory hob er ein wenig grob und ohne viel Umstände hinauf, Polly dagegen setzte er ganz vorsichtig auf den Pferderücken, als bestünde sie aus Porzellan und sei zerbrechlich. »So, da sind sie, Goldapfel – oder vielmehr Flügelpfeil. Das wird 'ne Reise geben!«
»Flieg nicht zu hoch!« warnte Aslan. »Versuch nicht, die vereisten Kuppen zu überqueren. Du mußt über die grünen Täler hinwegfliegen, dort wirst du überall einen Durchlaß zwischen den Gipfeln finden. Nun macht euch auf den Weg. Mein Segen sei mit euch.«
»Herrje, Flügelpfeil!« Digory beugte sich nach vorn und tätschelte den schimmernden Pferdehals. »Das ist wirklich phantastisch. Halt dich gut an mir fest, Polly!«
Im nächsten Augenblick versank unter ihnen die Erde. Wie eine riesige Taube drehte Flügelpfeil noch ein oder zwei Runden, bevor er sich auf seinen langen Flug nach Westen machte. Polly schaute hinunter, doch der König und die Königin waren kaum mehr zu sehen. Selbst von Aslan war nur noch ein strahlend gelber Fleck auf dem grünen Gras übriggeblieben. Kurz darauf traf der Fahrtwind die beiden Kinder, und der Flügelschlag des Pferdes wurde gleichmäßig und stetig.
Ganz Narnia lag jetzt unter ihnen ausgebreitet, vielfarbig getupft mit

Wiesen, Felsen, Heidekraut und den verschiedenartigsten Bäumen. Dazwischen schlängelte sich wie ein Quecksilberband der Fluß. Schon jetzt konnte man über die Gipfel der niedrigen Berge sehen, die rechts von ihnen im Norden lagen. Ein weites Moorgebiet wellte sich dort sanft nach oben und dem Horizont entgegen. Die Berge zur Linken waren viel höher, doch hie und da konnte man zwischen den steilen, baumbewachsenen Hängen einen Blick auf die südlichen Gegenden dahinter werfen. Ganz blau schimmerte es dort weit in der Ferne.

»Dort muß Archenland sein«, sagte Polly.

»Ja. Aber schau mal geradeaus!« rief Digory.

Vor ihnen erhoben sich mächtige Klippen, und die Kinder waren fast geblendet von dem Sonnenlicht, das auf dem riesigen Wasserfall tanzte, der tosend und funkelnd von der Hochebene nach Narnia hinabstürzte, auf der er seinen Ursprung hatte. Sie flogen nun schon so hoch oben, daß sie vom Donnerbrausen des Wassers nur noch ein leises Murmeln hörten, aber noch nicht so hoch, daß sie über die Klippen hätten hinwegfliegen können.

»Jetzt müssen wir einen Zickzackkurs einschlagen!« warnte Flügelpfeil. »Haltet euch schön fest!«

Hin- und herfliegend wand er sich höher hinauf in die Lüfte. Dort wurde die Luft kühler, und weit unter ihnen schallte der Ruf der Adler.

»Sieh dich mal um!« rief Polly.

Jetzt lag das ganze Tal von Narnia unter ihnen ausgebreitet, bis dorthin, wo kurz vor dem östlichen Horizont noch ein Streifen vom Meer zu sehen war, und gleich darauf flogen sie schon so hoch, daß sie hinter dem Moorgebiet im Norden zerklüftete Berge auftauchen sahen. Ganz winzig wirkten sie so aus der Ferne. Und dort, ganz weit im Süden, schienen sandige Ebenen zu liegen.

»Wenn uns nur einer erklären könnte, was das für Gegenden sind, die wir da sehen«, beklagte sich Digory.

»Vermutlich ist das alles überhaupt noch nichts, sozusagen«, meinte Polly. »Hier gibt es ja niemanden, und passieren tut auch nichts. Diese Welt hier ist doch erst seit heute am Leben.«

»Ja, aber irgendwann wird alles besiedelt«, erklärte Digory. »Und dann wird es auch in diesen Gegenden eine Geschichte geben.«

»Also, ich finde es gut, daß es so etwas bis jetzt hier noch nicht gibt.

Dann muß wenigstens keiner Geschichte lernen. Jahreszahlen und Kriege und all diesen Mist.«

Jetzt lagen die Klippen hinter ihnen, und ein paar Minuten später war auch Narnia nicht mehr zu sehen. Unter ihnen breitete sich ein wilder Landstrich mit steilen Hängen und dunklen Wäldern aus. Noch immer folgten sie dem Lauf des Flusses. Vor ihnen ragte die mächtige Bergkette auf, doch da sie direkt in die Sonne schauen mußten, konnten sie in dieser Richtung nicht viel erkennen. Die Sonne sank tiefer und tiefer, bis im Westen der Himmel aussah wie ein Riesenkessel voller geschmolzenem Gold. Schließlich verschwand sie hinter einer Zackenspitze, die sich vor dem glühenden Himmel so scharf und so flach abzeichnete, als hätte man sie aus Pappe geschnitten.

»Es ist nicht besonders warm hier oben«, sagte Polly.

»Und mir tun langsam die Flügel weh«, klagte das Pferd. »Ich sehe kein Tal mit einem See, so wie von Aslan beschrieben. Was meint ihr? Sollen wir landen und uns ein schönes Plätzchen suchen, wo wir die Nacht verbringen können? Heute abend schaffen wir es sowieso nicht mehr bis zu diesem Garten.«

»Ja. Und Essenszeit müßte doch auch langsam sein«, meinte Digory.

Also ließ sich das Pferd tief und tiefer sinken. Hier, in der Nähe des Bodens und zwischen den Hängen, wurde die Luft immer wärmer; und nach der langen Flugzeit, wo sie nur das Schlagen der Flügel wahrgenommen hatten, war es schön, die vertrauten Geräusche wieder zu hören – das Murmeln des Flusses in seinem steinigen Bett, das Rauschen der Bäume im sanften Wind. Ein köstlicher warmer Geruch von sonnendurchglühter Erde, von Gras und Blumen zog ihnen in die Nase. Schließlich landete Flügelpfeil, und Digory und Polly kletterten von seinem Rücken. Beide waren froh, daß sie ihre steifen Glieder strecken konnten.

Sie standen in einem Tal, umgeben von Bergen mit schneebedeckten Kuppen. Eine davon ragte in der untergehenden Sonne blutrot auf.

»Hab ich einen Hunger!« rief Digory.

»Greif nur zu!« sagte Flügelpfeil und rupfte ein großes Maulvoll Gras ab. Dann hob er den Kopf, kaute, und während ihm das Gras wie ein Schnurrbart zu beiden Seiten aus dem Maul hing, sagte er: »Na los, ihr beiden! Scheut euch nicht! Es reicht für alle!«

»Wir essen kein Gras«, erklärte Digory.
»Ach herrje! Ach herrje!« meinte Flügelpfeil mit vollem Maul. »Tja – hm – keine Ahnung, was wir da machen sollen. Dabei schmeckt es wirklich gut.«
Polly und Digory sahen einander bedrückt an.
»Also ich finde, irgend jemand hätte sich darum kümmern müssen, was wir essen sollen«, sagte Digory.
»Aslan hätte sich bestimmt darum gekümmert, wenn du ihn gebeten hättest«, sagte Flügelpfeil.
»Meint ihr nicht, er weiß solche Dinge auch so, ohne daß man ihm Bescheid sagt?« fragte Polly.
»Ganz bestimmt«, erwiderte das Pferd, das immer noch kaute. »Aber ich habe so das Gefühl, daß er gefragt werden will.«
»Was machen wir jetzt bloß?« fragte Digory.
»Ich habe nicht die geringste Ahnung«, entgegnete das Pferd. »Außer ihr versucht das Gras. Vielleicht schmeckt es euch besser, als ihr denkt.«
»Sei doch nicht so albern«, rief Polly und stampfte mit dem Fuß auf. »Menschen können doch kein Gras essen. Genausowenig wie du ein Hammelkotelett essen könntest!«
»Heiliger Strohsack! Jetzt hör bloß auf, über Koteletts und derartiges Zeug zu reden«, sagte Digory. »Davon wird es nur noch schlimmer.«
Digory schlug vor, Polly solle mit ihrem Ring nach Hause reisen und dort etwas essen. Er selbst könne nicht mit, er habe ja versprochen, sich genau nach Aslans Anweisungen zu richten. Und zu Hause konnte ja alles mögliche passieren und ihn daran hindern, wieder hierher zurückzukehren. Aber Polly wollte ihn nicht im Stich lassen, was Digory sehr anständig von ihr fand.
»Ach, da fällt mir was ein!« sagte Polly plötzlich. »Ich hab noch die Reste von einer Tüte Karamelbonbons in der Tasche. Besser als gar nichts.«
»Viel besser«, stimmte Digory zu. »Aber sei bloß vorsichtig, wenn du die Hand in die Tasche steckst, daß du nicht aus Versehen den Ring berührst!«
Das war einfacher gesagt als getan, aber schließlich glückte es doch. Der Beutel war ganz zerquetscht und klebrig, als sie ihn schließlich herausgefischt hatten, und das Problem war nicht so sehr, die Bonbons

aus der Tüte zu holen, sondern vielmehr, die Tüte von den Bonbons abzureißen. Die meisten Erwachsenen hätten unter diesen Umständen lieber ganz auf ihr Abendessen verzichtet. Ihr wißt ja, wie pingelig die bei solchen Angelegenheiten sein können.

Insgesamt waren es neun Stück. Digory hatte den phantastischen Einfall, jeder bekäme vier zu essen, und das neunte solle man einpflanzen. »Denn wenn die Eisenstange von der Laterne zu einem kleinen Lichterbaum herangewachsen ist, dann spricht ja eigentlich nichts dagegen, daß aus dem Bonbon ein Karamelbonbon-Baum wird.« Also buddelten sie ein kleines Loch und pflanzten das neunte Bonbon ein. Die anderen aßen sie ganz langsam auf, damit sie auch schön lange anhielten. Es war ein ärmliches Mahl, obwohl sie notgedrungen ein gut Teil des Papiers mitverspeisten.

Als Flügelpfeil sein köstliches Mahl beendet hatte, legte er sich nieder. Die Kinder setzten sich neben ihn, eines auf jeder Seite, und lehnten sich gegen den warmen Körper. Flügelpfeil breitete seine Flügel über die Kinder, und so saßen sie wirklich gemütlich. Während die strahlenden Sterne dieser jungen Welt hervortraten, unterhielten sich die Kinder über alles mögliche: wie Digory gehofft hatte, der Löwe könne ihm etwas für seine Mutter geben, und wie er statt dessen mit diesem Auftrag ausgesandt worden war. Und dann wiederholten sie gemeinsam die Merkmale, an denen sie den Platz erkennen würden, nach dem sie suchten – den blauen See und den Hügel mit dem Garten an der Spitze. Nach einem Weilchen wurden sie schläfrig, und ihre Unterhaltung wurde immer schleppender, doch ganz plötzlich setzte sich Polly hellwach auf und machte »pst!«.

Alle lauschten.

Vielleicht war es nur der Wind in den Bäumen?« meinte Digory nach einem Weilchen.

»Da bin ich nicht so sicher«, sagte Flügelpfeil. »Na ja – halt, da ist es wieder. Beim Löwen – da ist einer!«

Das Pferd rappelte sich geräuschvoll auf, und auch die Kinder erhoben sich. Schnuppernd und wiehernd trottete das Pferd hin und her. Die Kinder schlichen auf Zehenspitzen hierhin und dorthin, lugten hinter jeden Baum und jeden Strauch. Immer wieder kam es ihnen vor, als sei da irgend etwas, und einmal war Polly ganz sicher, daß sie eine hochgewachsene dunkle Gestalt gesehen hatte, die rasch in Richtung Westen davongeglitten war. Aber sie fanden keinen, und schließlich legte sich Flügelpfeil wieder hin, die Kinder kuschelten sich unter seine Flügel und schliefen sofort ein. Doch Flügelpfeil blieb noch lange wach, stellte lauschend seine Ohren in der Dunkelheit auf, und manchmal zuckte er mit der Haut, als habe sich eine Fliege auf ihn gesetzt. Doch schließlich und endlich schlief auch er.

Eine unerwartete Begegnung

»Wach auf, Digory! Wach auf, Flügelpfeil!« klang Pollys Stimme. »Da ist tatsächlich ein Karamelbonbon-Baum gewachsen. Und es ist ein wunderschöner Morgen.«

Die tiefstehende frühmorgendliche Sonne überstrahlte den Wald, das Gras war taunaß, die Spinnweben schimmerten silbern. Genau neben den Kindern stand ein Baum mit sehr dunklem Holz, etwa so groß wie ein Apfelbaum. Seine Blätter waren weißlich und papierartig, so wie die Blätter vom Silberblattkraut, und er war beladen mit kleinen braunen Früchten, die fast wie Datteln aussahen.

»Hurra!« rief Digory. »Aber erst will ich baden!« Er rannte zwischen blühenden Hecken hindurch hinunter zum Fluß. Habt ihr schon einmal in einem Gebirgsfluß gebadet, der in winzigen Wasserfällen über rote und blaue und gelbe Steine heruntersprudelt, die in der Sonne funkeln? Das ist ebenso schön, wie wenn man im Meer badet – in mancher Hinsicht sogar noch schöner. Natürlich hatte Digory nichts zum Abtrocknen, und so mußte er, naß wie er war, wieder in seine Kleider steigen, aber das war ihm das Vergnügen wert. Als er zurückkam, ging Polly hinunter und badete ebenfalls; zumindest behauptete sie das anschließend. Aber wir wissen ja, daß sie nicht besonders gut schwimmen konnte, und vielleicht ist es besser, wenn man der Sache nicht so genau nachgeht. Auch Flügelpfeil ging zum Wasser, aber er stellte sich nur in die Mitte des Flusses, beugte sich hinunter, um ausgiebig zu trinken, schüttelte die Mähne und wieherte.

Polly und Digory machten sich an ihrem Bonbonbaum an die Arbeit.

Die Früchte waren köstlich: sie waren zwar weicher und saftiger als Karamelbonbons, aber vom Geschmack her hatten sie doch ein bißchen Ähnlichkeit. Flügelpfeil nahm ebenfalls ein ausgezeichnetes Mahl zu sich. Er versuchte auch eine Bonbon-Frucht, und sie schmeckte ihm sogar, aber er sagte, so früh am Morgen sei ihm Gras doch lieber. Dann kletterten die Kinder ziemlich mühsam wieder auf seinen Rükken, und sie machten sich zum zweitenmal auf die Reise.

Diesmal war der Flug sogar noch schöner als am Tag zuvor. Zum einen fühlten sich alle drei herrlich ausgeruht, zum anderen hatten sie die eben erst aufgegangene Sonne im Rücken, und wenn die Sonne von hinten kommt, sieht natürlich alles viel hübscher aus. Es war wirklich ein herrlicher Flug. Ringsumher ragten hohe, schneebedeckte Berge auf. Die weit unter ihnen liegenden Täler waren so grün, die Bäche, die von den Gletschern zum Fluß herabstürzten, waren so blau, daß es aussah, als flögen sie über gigantische Schmuckstücke hinweg. Wäre es nach ihnen gegangen, so hätte dieser Teil des Abenteuers viel länger dauern dürfen. Doch schon bald begannen sie alle gemeinsam zu schnuppern. »Was ist denn das?« und »Riecht ihr das auch?« und »Wo mag das wohl herkommen?« fragten sie. Denn ein himmlischer Duft, warm und golden, wie von den köstlichsten Früchten und Blumen der Welt, strömte ihnen entgegen.

»Der stammt aus diesem Tal dort mit dem See«, verkündete Flügelpfeil.

»Wahrhaftig, so ist es«, sagte Digory. »Seht nur! Am anderen Ende des Sees erhebt sich ein grüner Hügel! Und schaut nur, wie blau das Wasser ist!«

»Das muß der Ort sein, den Aslan beschrieben hat«, riefen alle drei. In großen Kreisen ließ sich Flügelpfeil tiefer und tiefer sinken. Über ihnen ragten die eisigen Gipfel höher und immer höher. Die Luft wurde wärmer und süßer, so süß, daß einem fast die Tränen in die Augen stiegen. Jetzt glitt Flügelpfeil mit weit ausgebreiteten, reglosen Schwingen dahin, während er mit den Hufen nach dem Boden tastete. Der steile grüne Hügel kam auf sie zugejagt, und gleich darauf landete Flügelpfeil ein bißchen unbeholfen am Hang. Die Kinder rollten von seinem Rücken und plumpsten in das warme, zarte Gras. Doch es tat nicht weh, und ein klein wenig atemlos rappelten sie sich auf.

Drei Viertel des Hügels lagen unter ihnen. Die Kinder und Flügelpfeil machten sich sofort auf den Weg, um noch das restliche Viertel zu besteigen. Ohne die Flügel, die er ab und zu zum Balancieren und zum Flattern benutzte, hätte Flügelpfeil es wohl kaum geschafft. Rund um die Spitze des Hügels erhob sich eine hohe Mauer aus grünem Gras. Dahinter wuchsen Bäume, deren Zweige über die Mauer hingen, mit Blättern bewachsen, die nicht nur grün, sondern auch blau und silbern schimmerten, wenn der Wind sie bewegte. Als die drei oben ankamen, mußten sie fast um die ganze Mauer herumlaufen, bis sie den Eingang fanden: ein hohes, goldenes, fest verschlossenes Tor, das genau nach Osten zeigte.

Ich glaube, bis zu diesem Augenblick hatten Polly und das Pferd vorgehabt, mit Digory zusammen hineinzugehen. Jetzt wollten sie das nicht mehr. Ihr habt noch nie einen Ort gesehen, der so offensichtlich privat war. Man konnte auf den ersten Blick erkennen, daß er jemand anderem gehörte. Nur ein Narr wäre auf die Idee gekommen, hineinzugehen, wenn er nicht zu einem ganz besonderen Zweck hierhergeschickt worden war. Auch Digory begriff sofort, daß die anderen nicht mitkommen wollten und durften. Also ging er allein auf das Tor zu. Aus der Nähe sah er, daß auf dem Gold silberne Lettern eingeprägt waren. Die Worte lauteten etwa so:

Tritt durch die goldenen Tore ein oder laß es sein.
Für andere nimm meine Früchte, doch nicht für dich allein.
Denn jenen, die stehlen oder die Mauer übersteigen,
Wird sich ein Herzenswunsch erfüllen und Verzweiflung zeigen.

Für andere nimm meine Früchte, sagte sich Digory. Na ja, das hab ich ja auch vor. Das bedeutet wohl, daß ich selbst keine essen darf. Was wohl die letzte Zeile bedeuten soll? Und dann: *Tritt durch die goldenen Tore ein.* Wer käme wohl auf die Idee, über die Mauer zu steigen, wenn er durchs Tor gehen kann? Wie es wohl aufgeht? Er legte die Hand darauf, und im selben Augenblick schwangen die beiden Flügel völlig geräuschlos nach innen.

Jetzt, wo er in den Garten hineinsehen konnte, wirkte dieser noch privater als zuvor. Mit einem feierlichen Gefühl trat Digory ein und

blickte sich um. Sehr still war es hier drinnen. Sogar vom Springbrunnen in der Mitte des Gartens her erklang nur ein leises Murmeln. Der liebliche Duft umgab ihn von allen Seiten. Ein glücklicher Ort war dieser Garten, doch irgendwie war es sehr feierlich hier.
Digory erkannte den richtigen Baum sofort, einerseits, weil er genau in der Mitte stand, anderseits, weil die großen silbernen Äpfel, mit denen er beladen war, so stark leuchteten, daß sie ihr Licht auf die schattigen Stellen darunter warfen, wo die Sonne nicht hinkam. Er ging geradewegs auf den Baum zu, pflückte einen Apfel und wollte ihn in die Brusttasche seiner Jacke stecken. Aber er konnte es sich nicht verkneifen, ihn erst einmal anzusehen. Und daran schnuppern mußte er auch. Das hätte er besser lassen sollen. Schlagartig bekam er schrecklichen Durst und Hunger, und er kriegte große Lust, so eine Frucht zu probieren. Rasch steckte er den Apfel in die Tasche, doch dort am Baum hingen ja noch viele andere. Ob es wohl verboten war, einen zu kosten? Vielleicht, dachte er, vielleicht war ja der Spruch am Tor kein richtiger Befehl, sondern nur ein Ratschlag. Und einen Ratschlag brauchte man ja nicht unbedingt befolgen. Und selbst wenn es ein Befehl war – den ersten Teil, nämlich für einen anderen eine Frucht zu pflücken, hatte er ja schon befolgt; also machte es vielleicht nichts aus, wenn er jetzt auch noch selbst einen aß.
Während er über all diese Dinge nachdachte, schaute er zufällig durch die Äste hinauf zum Baumwipfel. Dort, auf einem Ast über seinem Kopf, saß ein wunderschöner Vogel. Fast sah es so aus, als schliefe er, aber doch nicht ganz. Ein Auge war nämlich ein winziges bißchen geöffnet. Größer als ein Adler war der Vogel, seine Brust war safrangelb, er war scharlachrot beschopft, und seine Schwanzfedern leuchteten purpurn.
Später, als Digory die Geschichte den anderen erzählte, sagte er: »Das zeigt mal wieder, daß man an diesen Zauberorten nicht vorsichtig genug sein kann. Man weiß nie, wer einen beobachtet.« Aber ich glaube, daß sich Digory so oder so keinen Apfel genommen hätte. Ich glaube, in jenen Tagen wurde einem Jungen ein Spruch wie »Du sollst nicht stehlen« noch wesentlich mehr eingehämmert als heutzutage. Aber ganz sicher ist man bei solchen Dingen natürlich nie.
Eben wandte sich Digory um und wollte zurückgehen zum Tor, da

blieb er noch einmal stehen, um sich ein letztes Mal umzusehen. Er erschrak zu Tode. Er war nicht allein. Da, ein paar Schritte weiter, stand die Hexe. Sie warf gerade das Kerngehäuse des Apfels weg, den sie eben gegessen hatte. Der Saft war dunkler, als man vermutet hätte, denn um ihren Mund herum hatte sich ihre Haut häßlich verfärbt. Digory schöpfte sofort Verdacht, sie müsse über die Mauer geklettert sein. Und jetzt begriff er langsam, daß die letzte Zeile von dem erfüllten Herzenswunsch und der Verzweiflung vielleicht doch einen Sinn ergab, denn die Hexe sah stärker und stolzer aus als je zuvor, sogar irgendwie triumphierender; aber ihr Gesicht war schneeweiß, so weiß wie der Tod.

All dies fuhr Digory blitzschnell durch den Kopf; denn nahm er seine Fersen in die Hand und rannte schnell wie der Blitz zum Tor. Die Hexe rannte hinterher. Sobald er draußen war, schloß sich das Tor hinter ihm ganz von selbst. Das verschaffte ihm einen kleinen Vorsprung, doch nicht für lange. Schon als er bei den anderen ankam und schrie: »Steig schnell auf, Polly! Flieg los, Flügelpfeil!«, war die Hexe über die Mauer geklettert, oder vielleicht auch gehüpft, und hatte ihn fast eingeholt.

»Bleiben Sie, wo Sie sind!« rief Digory und drehte sich zu ihr um. »Sonst verschwinden wir alle drei! Keinen Schritt näher!«

»Du Narr!« schrie die Hexe. »Warum rennst du denn vor mir davon? Ich will dir doch nichts zuleide tun. Wenn du nicht stehenbleibst und mir zuhörst, dann entgeht dir etwas, das dich für den Rest deines Lebens glücklich gemacht hätte.«

»Vielen Dank, ich will es gar nicht hören«, antwortete Digory. Aber das stimmte nicht.

»Ich weiß, mit welchem Auftrag du hierhergekommen bist«, fuhr die Hexe fort. »Denn letzte Nacht im Wald stand ich ganz nah bei euch und belauschte eure Unterhaltung. Du hast in diesem Garten eine Frucht gepflückt, die du jetzt in der Tasche trägst. Und ohne sie gekostet zu haben, willst du sie dem Löwen bringen, damit *er* sie ißt, damit *er* sie verwendet. Du Einfaltspinsel! Weißt du, was das für eine Frucht ist? Ich will es dir sagen. Es ist ein Apfel der Jugend, ein Apfel des Lebens. Ich weiß, denn ich habe ihn gekostet; und die Veränderungen, die ich in mir spüre, sagen mir, daß ich nie alt werden und nie sterben

werde. Iß ihn, Junge. Iß ihn, dann werden wir beide ewig leben, und wir werden über diese Welt hier herrschen – oder über deine Welt, sollten wir uns entschließen, dorthin zurückzukehren.«
»Nein, danke«, sagte Digory. »Ich habe keine Lust, ewig zu leben, wenn alle meine Bekannten schon tot sind. Ich lebe lieber ganz normal, und dann sterbe ich und komme in den Himmel.«
»Aber was ist mit deiner Mutter, die du ja angeblich so liebst?«
»Was hat denn die damit zu tun?« fragte Digory.
»Verstehst du denn nicht, du Narr, daß ein Bissen dieses Apfels sie heilen kann? Da steckt er, dort in deiner Tasche. Wir sind ganz allein hier, der Löwe ist weit. Benutze deinen Zauber und kehre in deine Welt zurück. Schon eine Minute später kannst du am Bett deiner Mutter stehen und ihr die Frucht überreichen. Fünf Minuten später wirst du sehen, wie ihre Wangen wieder Farbe bekommen, und sie wird dir sagen, daß ihre Schmerzen verschwunden sind. Bald wird sie sich wieder kräftiger fühlen, und dann wird sie schlafen. Stell dir vor: stundenlang wird sie schlafen, ohne Medikamente, ohne Schmerzen. Am nächsten Tag wird jeder sagen, wie prächtig sie sich erholt hat, und kurz darauf ist sie wieder ganz gesund. Und dann wird alles wieder gut. Ihr werdet wieder eine glückliche Familie, und du kannst wieder leben wie ein ganz normaler Junge.«
»Oh!« stöhnte Digory. Er hörte sich an, als täte ihm etwas weh, und er legte die Hand an den Kopf. Jetzt wurde ihm klar, daß er eine ganz schreckliche Entscheidung treffen mußte.
»Welchen Grund hast du denn, dem Löwen als Sklave zu dienen? Was hat er denn jemals für dich getan?« wollte die Hexe wissen. »Was hast du denn von ihm zu befürchten, wenn du erst einmal in deine eigene Welt zurückgekehrt bist? Und was würde deine Mutter von dir denken, wenn sie wüßte, daß es in deiner Hand lag, sie von ihren Schmerzen zu befreien, ihr das Leben zu retten und zu verhindern, daß deinem Vater das Herz bricht? Daß all dies in deiner Macht lag, und du es vorgezogen hast, dich dagegen zu entscheiden? Statt dessen hast du in einer fremden Welt, die dich nichts angeht, die Befehle eines wilden Tieres ausgeführt.«
»Ich – ich glaube nicht, daß er ein wildes Tier ist«, sagte Digory mit völlig tonloser Stimme. »Er ist – ich weiß nicht ...«

»Dann ist er etwas noch Schlimmeres«, sagte die Hexe. »Schau nur, was er dir angetan hat: schau nur, wie herzlos er dich gemacht hat. Das macht er mit jedem, der ihm zuhört. Grausamer, herzloser Junge! Lieber läßt du deine Mutter sterben, als . . .«

»Halten Sie endlich den Mund«, sagte der unglückliche Digory, immer noch mit der gleichen Stimme. »Glauben Sie nur nicht, ich verstünde das alles nicht. Aber ich – ich habe ihm mein Versprechen gegeben.«

»Ja, aber du wußtest ja nicht, was du da versprachst. Und hier ist keiner, der dich zurückhält.«

»Meiner Mutter wäre das nicht recht«, sagte Digory, und er bekam kaum die Worte heraus. »Sie ist furchtbar streng. Versprechen muß man halten, und man darf nicht stehlen – und all das. Wenn sie da wäre, dann würde sie versuchen, mich davon abzuhalten. Auf jeden Fall.«

»Aber sie braucht es ja nie zu erfahren«, sagte die Hexe mit so süßer Stimme, wie man sie bei einer derart ungestüm aussehenden Frau nie erwartet hätte. »Du mußt ihr doch gar nicht erzählen, woher du den Apfel hast. Auch dein Vater braucht es nie zu erfahren. Keiner in deiner Welt braucht von dieser Sache etwas zu wissen. Es besteht kein Grund, das kleine Mädchen mitzunehmen.«

Und hier machte die Hexe einen schwerwiegenden Fehler. Natürlich wußte Digory, daß Polly mit ihrem Ring jederzeit von hier verschwinden konnte, genau wie er mit seinem. Aber die Hexe wußte das offensichtlich nicht. Jetzt, nach diesem hinterhältigen Vorschlag, klang plötzlich all das, was sie zuvor gesagt hatte, hohl und falsch. Und so elend er sich auch fühlte, jetzt wurde sein Kopf plötzlich klar, und mit völlig veränderter und lauterer Stimme sagte er:

»Was hat das denn eigentlich mit *Ihnen* zu tun? Weshalb ist Ihnen denn plötzlich meine Mutter so wichtig? Was wird denn hier gespielt?«

»Recht so, Digory«, flüsterte ihm Polly ins Ohr. »Schnell! Nichts wie weg von hier!« Bisher hatte sie nicht gewagt, sich einzumischen, denn es war ja schließlich nicht *ihre* Mutter, die im Sterben lag.

»Hinauf mit dir!« befahl Digory. Er hob sie auf Flügelpfeils Rücken und krabbelte hinterher, so schnell er nur konnte. Das Pferd breitete die Flügel aus.

»Geht nur, ihr Narren!« rief die Hexe. »Du wirst an mich denken,

Junge, wenn du alt bist und schwach und im Sterben liegst. Und dann wird dir einfallen, daß du einmal die Gelegenheit hattest, dir die ewige Jugend zu bewahren. Nie wieder wird man dir so ein Angebot machen.«

Doch sie flogen schon so hoch in der Luft, daß sie die letzten Worte der Hexe nur noch mit Mühe verstanden. Ohne sich die Zeit zu nehmen, dem Pferd und den Kindern nachzusehen, wandte sich Jadis nach Norden und kletterte den Abhang hinunter.

Da sie frühmorgens aufgebrochen waren und ihr Aufenthalt im Garten nicht lange gedauert hatte, waren sich Flügelpfeil und Polly einig, man könne ohne weiteres noch vor Einbruch der Dunkelheit wieder in Narnia sein. Digory sagte auf dem ganzen Rückweg kein einziges Wort, und die anderen scheuten sich, ihn anzusprechen. Er war sehr traurig. Zeitweise war er nicht einmal sicher, ob er richtig gehandelt hatte. Doch jedesmal, wenn ihm die schimmernden Tränen in Aslans Augen einfielen, schwanden seine Zweifel.

Flügelpfeil flog den ganzen Tag stetig und ohne zu ermüden. Nach Osten flog er, am Fluß entlang, zwischen den Bergen hindurch, über die wilden, bewaldeten Hänge und den großen Wasserfall hinweg. Dann sanken sie tiefer und immer tiefer bis zu der Stelle, wo die mächtigen Klippen die Wälder Narnias verdunkelten, bis sich schließlich der Himmel rot verfärbte, als hinter ihnen die Sonne unterging. Jetzt entdeckte Flügelpfeil, daß sich am Flußufer viele Tiere versammelt hatten, und schon bald konnte er Aslan unter ihnen erkennen. Flügelpfeil ließ sich hinabgleiten, spreizte die Beine, schloß die Flügel und landete. Er galoppierte noch ein kleines Stückchen, dann blieb er stehen, und die Kinder kletterten von seinem Rücken.

Digory sah, wie all die Tiere, die Zwerge, die Satyre, die Nymphen und die anderen Kreaturen nach links und rechts zurückwichen, um ihm Platz zu machen. Er ging geradewegs zu Aslan, überreichte ihm den Apfel und sagte:

»Ich habe dir den Apfel gebracht, den du haben wolltest, Herr.«

»Gut gemacht!« sagte Aslan mit so mächtiger Stimme, daß die Erde bebte. Digory begriff, daß alle Narnianen diese Worte gehört hatten und daß dieses Ereignis jahrhundertelang, ja, vielleicht bis in alle Ewigkeit von einer Generation zur nächsten weitergegeben werden würde. Doch es bestand keine Gefahr, daß er sich darauf etwas einbildete. Auf diese Idee kam er überhaupt nicht, jetzt, wo er Aslan gegenüberstand. Diesmal konnte er dem Löwen geradewegs in die Augen sehen. Seine Sorgen hatte er völlig vergessen, und er war ganz und gar zufrieden.

»Das hast du gut gemacht, Sohn Adams«, sagte der Löwe noch einmal. »Für diese Frucht hast du gehungert, gedürstet und geweint. Keine Hand außer der deinen soll den Samen des Baumes säen, der Narnia zum Schutze dienen soll. Wirf den Apfel zum Ufer des Flusses, wo die Erde weich ist!«

Digory tat, wie man ihm befahl. Alle waren so still, daß man hören konnte, wie der Apfel leise in den Schlamm plumpste.

»Gut geworfen«, sagte Aslan. »Und nun wollen wir zur Krönung von König Frank und Königin Helen schreiten.«

Erst jetzt entdeckten die Kinder die beiden. Sie trugen fremdartige, herrliche Gewänder. Vier Zwerge trugen die Schleppe des Königs, vier Flußnymphen die der Königin. Ihre Häupter waren bloß; doch Helen hatte ihr Haar gelöst und sah jetzt viel schöner aus. Überhaupt wirkten die beiden inzwischen völlig anders, aber das lag weder am Haar noch an den Gewändern. Nein, ihre Gesichter hatten sich verändert. Vor allem das des Königs. Die ganze Schärfe, die Bauernschläue und die Streitbarkeit, die er sich als Londoner Droschkenkutscher angeeignet hatte, waren wie weggeblasen, und nun traten sein Mut und seine Güte klar zutage, Eigenschaften, die er schon immer besessen hatte. Vielleicht lag das an der Luft dieser jungen Welt, vielleicht auch an den Gesprächen mit Aslan, vielleicht auch an beidem.

»Auf mein Wort!« flüsterte das Pferd Polly zu. »Mein ehemaliger Herr hat sich auch sehr verändert! Ein richtiger Herr ist er geworden.«

»Ja, aber puste mir nicht so ins Ohr!« erwiderte Polly. »Das kitzelt.«

»Nun«, sagte Aslan. »Seid so gut und löst dieses Baumgewirr, das ihr hier zuwege gebracht habt, damit wir sehen, was es da zu finden gibt.«

Jetzt sah Digory, daß die Äste von vier dicht beieinanderstehenden Bäumen fest miteinander verwoben oder mit Ruten zusammengebunden waren. Das Gebilde sah fast aus wie ein Käfig. Zwei Elefanten machten sich mit ihren Rüsseln an die Arbeit, ein paar Zwerge mit ihren kleinen Äxten, und schon bald war es geschafft. Das Gewirr löste sich und gab den Blick auf drei Gegenstände frei. Zwei kleine Bäumchen standen da, das eine schien aus Gold, das andere aus Silber zu bestehen. Der dritte Gegenstand war kein Baum, sondern eine jämmerliche Gestalt, die mit schlammverschmierten Kleidern dazwischen saß.
»Ach du liebe Güte!« flüsterte Digory. »Onkel Andrew!«
Um all das zu erklären, müssen wir ein wenig zurückgehen. Wie ihr euch sicher erinnert, hatten ja die Tiere versucht, Onkel Andrew einzupflanzen und zu begießen. Als der Wasserguß ihn wieder zur Besinnung brachte, da fand er sich klatschnaß, bis zu den Schenkeln in Erde eingebettet, die sich rasch zu Schlamm verwandelte, und von mehr Tieren umgeben, als er sich jemals hätte träumen lassen. Es ist also vielleicht nicht weiter verwunderlich, daß er zu schreien und zu heulen begann. Einerseits war das ja ganz gut so, denn dadurch konnte er wenigstens jeden – sogar das Stachelschwein – davon überzeugen, daß er ein lebendiges Wesen war. Also buddelten sie ihn wieder aus. Seine Hosen waren inzwischen in einem fürchterlichen Zustand. Sobald er die Beine frei hatte, wollte er fliehen, doch dem machte der Elefant blitzschnell ein Ende. Er schlang ihm nämlich einfach den Rüssel um die Taille. Inzwischen hatten sich alle geeinigt, man müsse dieses seltsame Wesen gut aufbewahren, bis Aslan kam, es anschaute und ihnen sagte, was man damit anfangen solle. Also bauten sie so eine Art Käfig um Onkel Andrew herum. Und dann boten sie ihm alles mögliche zu essen an.
Der Esel sammelte riesige Büschel mit Disteln und warf sie zu Onkel Andrew hinein, aber daraus schien er sich nichts zu machen. Die Eichhörnchen bombardierten ihn mit Nüssen, doch er hielt nur die Hände vors Gesicht und versuchte den Geschossen auszuweichen. Einige Vögel flogen hin und her und ließen emsig Würmer auf ihn fallen. Der Bär gab sich besonders große Mühe. Im Lauf des Nachmittags fand er ein Nest mit wilden Bienen, und anstatt es selbst zu verspeisen (was er liebend gern getan hätte), brachte es diese edle Kreatur Onkel Andrew.

Doch das war der größte Mißerfolg. Der Bär warf das klebrige Ding oben in den Käfig hinein, und unglücklicherweise traf es Onkel Andrew direkt ins Gesicht, wobei noch zu erwähnen ist, daß einige der Bienen durchaus noch am Leben waren. Der Bär, dem es ganz und gar nichts ausgemacht hätte, von Honigwaben ins Gesicht getroffen zu werden, konnte nicht verstehen, warum Onkel Andrew zurücktaumelte, ausrutschte und sich hinsetzte – zu seinem großen Pech genau auf einen Haufen Disteln. »Immerhin ist ein Teil des Honigs in den Mund dieser Kreatur geraten, was ihr bestimmt gutgetan hat«, meinte das Stachelschwein. Inzwischen mochten sie dieses komische Haustier alle recht gern, und sie hofften, Aslan möge ihnen erlauben, es zu behalten. Die Klügeren unter ihnen waren jetzt auch fest davon überzeugt, daß zumindest einige der Laute, die aus Onkel Andrews Mund kamen, einen Sinn ergaben. Sie tauften ihn Brandy, denn diesen Laut stieß er am häufigsten aus.

Schließlich und endlich mußten sie ihn jedoch in seinem Käfig zurücklassen, weil es dunkel wurde. Aslan war den ganzen Tag damit beschäftigt, den neuen König und die Königin einzuweisen und andere wichtige Dinge zu erledigen, und so konnte er sich um den »armen alten Brandy« nicht kümmern. Bei all den Nüssen, Birnen, Äpfeln und Bananen, die man ihm vorgeworfen hatte, speiste er an diesem Abend gar nicht mal so schlecht, aber man kann nicht gerade behaupten, er hätte eine gemütliche Nacht verbracht.

»Holt diese Kreatur heraus!« befahl Aslan jetzt. Einer der Elefanten hob Onkel Andrew mit dem Rüssel heraus und legte ihn Aslan zu Füßen. Onkel Andrew hatte solche Angst, daß er sich nicht zu rühren wagte.

»Bitte, Aslan«, sagte Polly. »Könntest du etwas zu ihm sagen, damit er keine so schreckliche Angst mehr hat? Und etwas, das ihn davon abhält, jemals wieder hierher zu kommen?«

»Meinst du, das würde er wollen?« fragte Aslan.

»Tja«, meinte Polly. »Vielleicht schickt er irgendeinen anderen. Er war dermaßen begeistert, weil aus der Laternenstange ein Laternenbaum gewachsen ist, und er meint . . .«

»Er denkt närrisches Zeug, Kind«, entgegnete Aslan. »Ein paar Tage lang wird diese neue Welt vor Leben strotzen, weil das Lied, mit dem ich sie ins Leben gerufen habe, noch immer in der Luft hängt und in der Erde rumort. Doch das wird nicht lange anhalten. Nur kann ich das dem alten Sünder nicht sagen, genausowenig wie ich ihn trösten kann. Er selbst hat dafür gesorgt, daß es ihm unmöglich ist, meine Stimme zu hören. Redete ich mit ihm, so hörte er nur Geknurre und Gebrüll. Oh, Söhne Adams, wie klug wehrt ihr euch gegen alles, was euch vielleicht guttäte! Doch ich will ihm das einzige Geschenk machen, das er noch entgegennehmen kann.«

Traurig beugte er sein riesiges Haupt hinunter und blies dem entsetzten Zauberer ins Gesicht. »Schlaf«, sagte er. »Schlaf, und vergiß ein paar Stunden lang das Ungemach, das du dir selbst eingebrockt hast.«

Augenblicklich drehte Onkel Andrew sich um, schloß die Augen und begann friedlich zu atmen.

»Tragt ihn beiseite und legt ihn nieder!« befahl Aslan. »So, Zwerge! Nun zeigt uns eure Schmiedekunst! Laßt mich sehen, wie ihr zwei Kronen schmiedet – eine für euren König, eine für eure Königin.«

Unzählige Zwerge eilten zum goldenen Baum. Und bevor man sich versah, hatten sie alle Blätter abgestreift und einige Äste abgebrochen. Jetzt konnten die Kinder sehen, daß er nicht nur golden aussah – nein, er bestand aus richtigem weichem Gold. Natürlich war er aus den Goldmünzen gewachsen, die aus Onkel Andrews Tasche gefallen waren, als man ihn auf den Kopf gestellt hatte, geradeso wie der Silberbaum aus den Silbermünzen gewachsen war. Plötzlich schienen aus dem Nichts Berge von trockenem Brennholz, ein kleiner Amboß, Hämmer, Zangen und Blasebälge aufzutauchen. Und schon einen Augenblick später loderte das Feuer, schnauften die Blasebälge, schmolz das Gold, hallten die Hämmer. Man konnte sehen, wie sehr die Zwerge ihre Arbeit liebten. Zwei Maulwürfe, die auf Aslans Geheiß schon zuvor gegraben hatten, was sowieso ihre Lieblingsbeschäftigung war, kippten ein Häufchen Edelsteine vor den Zwergen aus. Unter den geschickten Fingern dieser kleinen Schmiede entstanden zwei Kronen – keine solchen häßlichen, klobigen Dinger wie die europäischen Kronen heutzutage, sondern leichte, zierliche und wunderschön geformte Reife, die man wirklich tragen konnte und die denjenigen, der sie trug, auch wirklich hübscher machten. Die Krone des Königs war mit Rubinen besetzt; die der Königin mit Smaragden.

Als man die Kronen im Fluß abgekühlt hatte, bat Aslan den Kutscher und seine Frau, sich auf die Erde zu knien. Dann setzte er ihnen die Kronen auf und sagte: »Erhebt euch, König und Königin von Narnia, Vater und Mutter vieler Könige, die über Narnia, die Inseln und Archenland regieren werden. Seid gerecht, gnädig und mutig. Mein Segen sei mit euch.«

Alle jubelten oder bellten oder wieherten oder trompeteten oder schlugen mit den Flügeln. Feierlich stand das Königspaar da, ein klein wenig verlegen auch, doch das machte nichts; dadurch wirkten sie nur noch edler. Und während Digory noch jubelte, hörte er neben sich die tiefe Stimme des Löwen: »Schaut!«

Alle wandten die Köpfe, und alle erschauerten vor Staunen und vor Entzücken. Ein kleines Stück entfernt überragte ein Baum ihre Köpfe, der zuvor ganz gewiß noch nicht dagestanden hatte. Ganz lautlos mußte er gewachsen sein, während sie alle mit der Krönung beschäftigt waren, und so rasch, wie man eine Flagge am Mast emporzieht. Das ausgebreitete Astwerk schien eher ein Licht zu werfen als einen Schatten, und unter jedem Blatt lugten silberne Äpfel hervor, als wären es Sterne. Doch nicht der Anblick, sondern der Duft war es, der sie alle hatte erschauern lassen. Einen Augenblick lang konnte man kaum mehr an etwas anderes denken.

»Sohn Adams«, sagte Aslan. »Du hast gut gesät. Und ihr, Narnianen, eure wichtigste Aufgabe sei es, diesen Baum zu bewachen, denn er ist euer Schild. Die Hexe, von der ich euch sprach, ist weit in den Norden dieser Welt geflüchtet; dort wird sie leben und sich mit schwarzer Magie stärken. Doch solange der Baum wächst und gedeiht, wird sie nie nach Narnia herunterkommen. Sie wird es nicht wagen, sich dem Baum mehr als auf hundert Meilen zu nähern, denn sein Geruch, der für euch Freude und Leben und Gesundheit bedeutet, birgt für sie Entsetzen und Verzweiflung.«

Alle starrten feierlich auf den Baum, als Aslan plötzlich den Kopf herumwirbelte, wobei seine Mähne goldene Lichtstrahlen nach allen Seiten versprühte. Er richtete seine großen Augen auf die beiden Kinder. »Was ist, Kinder?« fragte er, denn er hatte sie dabei erwischt, wie sie miteinander flüsterten und sich gegenseitig stupsten.

»Oh – Aslan, Herr«, sagte Digory und wurde rot. »Ich vergaß dir zu

sagen, daß die Hexe schon einen Apfel gegessen hat. So einen wie den, aus dem der Baum gewachsen ist.« Er hatte nicht alles gesagt, was ihm durch den Kopf schoß, doch Polly kam ihm sofort zu Hilfe. Digory hatte immer mehr Angst als sie, sich zu blamieren.
»Wir dachten deshalb, daß da vielleicht ein Fehler vorliegt«, sagte sie, »und daß ihr der Geruch dieser Äpfel nichts ausmachen kann.«
»Warum denkst du das, Tochter Evas?« fragte der Löwe.
»Na ja, sie hat doch einen gegessen.«
»Kind«, entgegnete er, »gerade aus diesem Grund graut ihr vor all den übrigen Äpfeln. So geschieht es mit jenen, die zur falschen Zeit und auf die falsche Art Früchte pflücken und essen. Die Frucht ist gut, doch anschließend ist sie ihnen für immer und ewig widerlich.«
»Jetzt verstehe ich«, sagte Polly. »Und vermutlich wirkt er auch nicht bei ihr, weil sie unrecht tat, ihn zu nehmen. Sie bleibt also nicht für immer jung, oder?«
»Doch«, sagte Aslan und schüttelte den Kopf. »Doch. Die Dinge wirken immer so, wie es in ihrer Natur liegt. Sie hat sich einen Herzenswunsch erfüllt; sie verfügt über nicht nachlassende Kräfte, und ihre Tage werden endlos währen, wie die einer Göttin. Doch ein immerwährendes Leben mit bösem Herzen bedeutet immerwährendes Elend, und sie fängt schon an, dies zu begreifen. Alle erreichen, was sie wollen: doch nicht immer gefällt es ihnen auch.«
»Ich hab fast auch einen gegessen«, sagte Digory. »Wäre ich . . .«
»Ja, mein Kind«, sagte Aslan. »Denn die Frucht wirkt immer – sie muß wirken –, aber für jene, die sie aus eigenem Willen pflücken, bewirkt sie nichts Gutes. Hätte irgendein Narniane einen Apfel gestohlen und ihn hier zum Schutze Narnias eingepflanzt, ohne dazu beauftragt worden zu sein, so hätte der Apfel Narnia tatsächlich beschützt. Aber der Schutz hätte darin bestanden, daß Narnia – genau wie Charn – ein starkes und grausames Imperium geworden wäre und nicht das freundliche Land, das ich geplant hatte. Die Hexe wollte dich auch noch zu etwas anderem überreden, mein Sohn, nicht wahr?«
»Ja, Aslan. Sie wollte, daß ich meiner Mutter einen Apfel bringe.«
»Wisse denn, der Apfel hätte sie geheilt; doch weder zu deiner noch zu ihrer Freude. Der Tag wäre gekommen, wo ihr alle beide gesagt hättet, es wäre besser gewesen, an dieser Krankheit zu sterben.«

Digory konnte nichts sagen, denn die Tränen preßten ihm die Kehle zu, und er gab alle Hoffnung auf, das Leben seiner Mutter zu retten. Doch gleichzeitig war ihm klar, daß der Löwe wußte, was geschehen wäre, hätte Digory ihr einen Apfel gebracht. Und klar war ihm auch, daß es Dinge gab, die noch schrecklicher waren, als einen geliebten Menschen zu verlieren, weil er stirbt. Doch nun begann Aslan wieder zu reden, und fast flüsternd sagte er:

»Genau das wäre passiert, mein Junge, mit einem gestohlenen Apfel. Doch nun wird das nicht geschehen. Was ich dir jetzt gebe, wird Freude bringen. In eurer Welt wird er kein endloses Leben bringen, aber Heilung. Geh! Pflück ihr einen Apfel vom Baum.«

Einen Augenblick lang konnte es Digory kaum glauben. Ihm war, als hätte sich die ganze Welt von innen nach außen und von oben nach unten gekehrt. Und dann ging er wie im Traum hinüber zum Baum, während ihm der König und die Königin und alle anderen zujubelten. Er pflückte einen Apfel und steckte ihn in die Tasche. Dann kehrte er zu Aslan zurück.

»Bitte, Aslan«, sagte er. »Dürfen wir jetzt nach Hause?« Er hatte vergessen, sich zu bedanken, aber dankbar war er, und das wußte Aslan auch so.

Das Ende dieser Geschichte und der Beginn aller anderen

»Ihr braucht keine Ringe, wenn ich bei euch bin«, sagte die Stimme Aslans. Die Kinder blinzelten und sahen sich um. Sie befanden sich wieder im Wald zwischen den Welten; Onkel Andrew lag im Gras und schlief noch immer; an ihrer Seite stand Aslan.

»Kommt«, sagte er. »Es wird Zeit, daß ihr zurückkehrt. Doch zwei Dinge zuerst: eine Warnung und ein Befehl. Seht her, Kinder.«

Sie schauten hin und sahen eine kleine Kuhle im Gras, deren Boden grasbewachsen, warm und trocken war.

»Als ihr das letzte Mal hier wart«, sagte Aslan, »da war diese Vertiefung noch ein Teich, und als ihr hineinhüpftet, kamt ihr zu einer Welt, wo eine sterbene Sonne die Ruinen von Charn beschien. Der Teich ist jetzt verschwunden. Die Welt ist erloschen, als hätte es sie nie gegeben. Dies soll der Rasse von Adam und Eva eine Warnung sein.«

»Ja, Aslan«, sagten die beiden Kinder. Doch Polly fügte hinzu: »Aber wir sind nicht ganz so schlecht, wie diese Welt es war, oder, Aslan?«

»Noch nicht, Tochter Evas«, sagte er. »Noch nicht. Doch ihr werdet ihr immer ähnlicher. Es ist nicht gewiß, ob nicht ein paar Bösewichte eurer Rasse ein Geheimnis herausfinden werden, das so böse ist wie das Unaussprechliche Wort, und daß sie es benutzen werden, um alles Leben zu vernichten. Und bald, sehr bald, bevor ihr beide alt geworden seid, werden große Nationen eurer Welt von Tyrannen regiert werden, denen an Glück und Gerechtigkeit und Gnade auch nicht mehr liegt als Jadis, der Königin von Charn. Davor soll sich eure Welt hüten. Das war die Warnung. Und nun zum Befehl. Sobald ihr könnt, müßt ihr eurem Onkel seine Zauberringe wegnehmen und sie vergraben, damit keiner sie mehr benutzen kann.«

Beide Kinder sahen hinauf ins Gesicht des Löwen, während er sprach. Und ganz plötzlich – wie es dazu kam, wußten sie weder jetzt noch später – schien dieses Gesicht zu einem bewegten Meer aus Gold zu werden, in dem sie trieben, und um sie herum, über sie hinweg und in sie hinein floß eine derartige Süße und Kraft, daß sie das Gefühl hatten, nie zuvor seien sie jemals wirklich glücklich, weise oder gut gewesen, und auch nicht lebendig und nicht wach. Und die Erinnerung an diesen Augenblick blieb ihnen für immer erhalten, und wenn sie jemals traurig oder ängstlich oder böse wurden, dann fiel ihnen dieses goldene Glück wieder ein, und sie spürten, daß es immer noch vorhanden war – ganz in der Nähe, gleich um die Ecke oder gleich hinter einer Tür. Und dieser Gedanke verlieh ihnen ganz tief drinnen die Sicherheit, daß alles gut war. Einen Augenblick später stolperten alle drei gemeinsam in das laute, heiße und stickige London zurück.

Sie standen draußen auf dem Gehsteig vor dem Haus der Ketterleys, und abgesehen davon, daß die Hexe, das Pferd und der Kutscher fehlten, war alles noch genauso, wie sie es zurückgelassen hatten. Da stand der Laternenpfahl, an dem ein Arm fehlte; da lag die zerschmetterte Droschke, und auch die vielen Leute standen immer noch herum. Sie redeten wild durcheinander, ein paar knieten neben dem verletzten Polizisten und sagten so Dinge wie »Er kommt zu sich« oder »Na, wie

geht's, guter Mann?« oder »Der Krankenwagen muß jeden Augenblick kommen«.
Herr im Himmel! dachte Digory. Mir kommt es so vor, als habe das ganze Abenteuer überhaupt keine Zeit in Anspruch genommen.
Fast alle suchten verwirrt nach der Hexe und dem Pferd. Keiner achtete auf die Kinder, denn keiner hatte sie verschwinden oder wieder auftauchen sehen. Onkel Andrew hingegen konnte man sowieso nicht erkennen, so wie seine Kleider aussahen und mit all dem Honig auf seinem Gesicht. Glücklicherweise war die Haustür offen, denn dort stand noch immer das Dienstmädchen und schaute sich den Spektakel an. Also konnten die Kinder Onkel Andrew ins Haus schaffen, ohne daß irgendeiner irgendwelche Fragen stellte.
Onkel Andrew rannte wie der Blitz die Treppe hinauf. Zuerst befürchteten sie, er sei auf dem Weg zu seinem Arbeitszimmer und wolle die restlichen Ringe verstecken. Aber da hätten sie sich keine Sorgen zu machen brauchen. Er hatte nur die Flasche im Sinn, die in seinem Schrank stand, und er verschwand sofort in seinem Schlafzimmer und schloß die Tür hinter sich ab. Als er wieder herauskam – was eine Ewigkeit dauerte –, hatte er seinen Bademantel angezogen und ging schnurstracks auf das Badezimmer zu.
»Kannst du die anderen Ringe holen, Polly?« fragte Digory. »Ich will zu meiner Mutter.«
»Klar. Bis später«, sagte Polly und polterte die Treppe zum Dachboden hinauf.
Digory nahm sich eine Minute Zeit, bis er verschnauft hatte, dann ging er leise ins Zimmer seiner Mutter. Und da lag sie, so wie er sie schon oft gesehen hatte, mit Kissen im Rücken und mit einem so dünnen, blassen Gesicht, daß man fast weinen mußte, wenn man sie anschaute. Digory nahm den Lebensapfel aus der Tasche.
Und so wie Jadis, die Hexe, hier in unserer Welt ganz anders ausgesehen hatte als in ihrer eigenen, so sah auch dieser Apfel vom Hügelgarten hier bei uns völlig anders aus. Natürlich gab es alle möglichen bunten Dinge im Zimmer: den bunten Überwurf auf dem Bett, die Tapete und Mutters hübsches hellblaues Bettjäckchen, alles überstrahlt von der Sonne, die durchs Fenster hereinfiel. Doch all das schien zu verblassen, als Digory den Apfel aus der Tasche nahm, und an der Decke tanzten

plötzlich wundersame Lichter, die von dem Apfel herrührten. Es lohnte nicht mehr, irgend etwas anderes zu betrachten, ja man hatte auch gar keine Lust dazu. Und der Geruch dieses Lebensapfels war so, als stünde eines der Fenster des Zimmers offen und führe geradewegs in den Himmel.

»Oh! Ist der herrlich, mein Liebling!« sagte Digorys Mutter.

»Wirst du ihn essen? Bitte!« sagte Digory.

»Ich weiß nicht, was der Arzt dazu sagen würde«, antwortete sie. »Aber – ich meine fast, er könnte mir guttun.«

Digory schälte und zerteilte den Apfel, und dann gab er ihr eine Apfelspalte nach der anderen. Und sobald sie alles aufgegessen hatte, lächelte sie, ihr Kopf sank aufs Kissen zurück, und sie schlief ein. Sie versank in einen natürlichen, sanften Schlaf, ganz ohne diese abscheulichen Medikamente. Und das war genau das, was ihr am meisten fehlte. Digory sah auch, daß sich ihr Gesicht ein kleines bißchen verändert hatte. Er beugte sich zu ihr hinunter, küßte sie sanft und schlich sich mit klopfendem Herzen aus dem Zimmer. Das Kerngehäuse des Apfels nahm er mit.

Jedesmal, wenn er an diesem Tag die Dinge anschaute, die ihn umgaben, und feststellen mußte, wie alltäglich alles aussah – ganz und gar ohne jegliche Zauberkraft –, wagte er kaum, Hoffnung zu schöpfen. Doch sobald ihm Aslans Gesicht einfiel, kam auch seine Hoffnung zurück.

Am Abend begrub er das Kerngehäuse im Garten.

Am nächsten Morgen, als der Arzt zu seiner täglichen Visite kam, beugte sich Digory über das Treppengeländer und lauschte. Er hörte, wie der Arzt mit Tante Letty zusammen aus dem Zimmer seiner Mutter trat und sagte:

»Miß Ketterley, das ist der außergewöhnlichste Fall in meiner ganzen medizinischen Laufbahn. Es ist – es ist wie ein Wunder. Zu dem kleinen Jungen würde ich allerdings noch nichts sagen; wir wollen ihm keine falsche Hoffnung machen. Aber meiner Meinung nach ...« Dann wurde seine Stimme so leise, daß Digory ihn nicht mehr verstehen konnte.

Später ging Digory hinunter in den Garten und stieß den mit Polly vereinbarten geheimen Pfiff aus.

»Wie war's?« fragte Polly, die über die Mauer lugte. »Ich meine mit deiner Mutter?«

»Ich glaube fast, daß alles gut werden wird«, sagte Digory. »Aber ich möchte lieber noch nicht darüber reden, wenn es dir recht ist. Was ist mit den Ringen?«

»Hier sind sie«, sagte Polly. »Keine Angst, ich hab Handschuhe an. Wir wollen sie vergraben.«

»Ja. Ich habe die Stelle markiert, wo ich gestern das Kerngehäuse eingepflanzt habe.«

Polly kam über die Mauer geklettert, und gemeinsam gingen sie zu der Stelle hin. Aber wie sich herausstellte, hätte sich Digory seine Markierung sparen können, denn da wuchs schon etwas. Zwar wuchs es nicht so schnell wie die neuen Bäume in Narnia, die man richtiggehend hatte wachsen sehen; aber immerhin war schon etwas zu sehen. Also holten sie eine kleine Schaufel und vergruben in einem Kreis drumherum alle Zauberringe – auch ihre eigenen.

Ungefähr nach einer Woche stand schon ziemlich fest, daß es Digorys Mutter besser ging. Zwei Wochen später konnte sie draußen im Garten sitzen, und einen Monat später war das ganze Haus völlig anders geworden. Tante Letty unternahm alles mögliche, um Digorys Mutter eine Freude zu machen: Fenster wurden geöffnet, Spitzenvorhänge wurden zurückgezogen, damit die Sonne hereinscheinen konnte, überall standen frische Blumen, es gab bessere Dinge zu essen, das alte Klavier wurde gestimmt, und Digorys Mutter begann wieder zu singen. Und sie spielte so ausgelassen mit Digory und Polly, daß Tante Letty sagte: »Ich muß schon sagen, Mabel, du bist das größte Kind von den dreien.«

Wenn irgend etwas schiefgeht im Leben, dann wird es eine Zeitlang meistens schlimmer und schlimmer. Aber wenn die Dinge erst einmal anfangen, gut zu laufen, dann werden sie oft immer besser und besser. Nach ungefähr sechs herrlichen Wochen kam ein langer Brief von Digorys Vater aus Indien, und dieser Brief enthielt sehr gute Nachrichten. Der alte Großonkel Kirke war gestorben, was offensichtlich bedeutete, daß Vater jetzt sehr reich war. Er wollte in den Ruhestand treten und für immer nach Hause kommen. Das riesengroße Haus auf dem Land, von dem Digory schon viel gehört, das er aber nie gesehen hatte, sollte jetzt ihr Zuhause sein. Alte Rüstungen gab es dort, Stallungen, Hundezwinger, einen Fluß, einen Park, Gewächshäuser, Treibhäuser mit Weinreben, Wälder und Berge dahinter. Digory war ganz sicher, von nun an würden sie alle bis zum Ende ihrer Tage glücklich und zufrieden leben. Aber vielleicht interessiert euch ja auch, was sonst noch alles geschah.

Polly und Digory blieben immer gute Freunde, und fast jedesmal verbrachte Polly ihre Ferien mit Digory zusammen in diesem wunderschönen Haus auf dem Land. Dort lernte sie auch reiten und schwimmen, melken, backen und klettern.

Die Tiere in Narnia lebten glücklich und in Frieden, und viele Jahrhunderte lang kam weder die Hexe noch ein anderer Feind und störte sie in ihrem schönen Land. König Frank, Königin Helen und ihre Kinder lebten ebenfalls glücklich und zufrieden, und ihr zweiter Sohn wurde der König von Archenland. Die Jungen heirateten Nymphen, die Mädchen Wald- und Flußgötter. Die Laterne, die Jadis aus Versehen gepflanzt hatte, leuchtete bei Tag und bei Nacht, und so wurde dieser Wald, in dem sie stand, Laternendickicht genannt. Und als viele Jahre später ein anderes Mädchen aus unserer Welt nach Narnia kam – es war eine Winternacht und es schneite –, da brannte das Licht noch immer. Und auf gewisse Art und Weise hatte das Abenteuer, das dieses Mädchen erlebte, mit den Abenteuern in dieser Geschichte zu tun.

Das kam so zustande: Das Bäumchen, das aus dem Kerngehäuse wuchs, das Digory im Garten eingepflanzt hatte, gedieh prächtig und wuchs zu einem schönen Baum heran. Da er in der Erde unserer Welt wuchs, weit weg vom Klang der Stimme Aslans, weit weg von der jungen Luft Narnias, trug er keine Äpfel, die eine sterbende Frau beleben konnten, so wie das bei Digorys Mutter geschehen war. Aber seine Äpfel waren schöner als alle Äpfel Englands, und sehr gesund waren sie, auch wenn es keine ausgesprochenen Zauberäpfel waren. Aber tief drinnen im Saft des Baumes lebte noch immer die Erinnerung an diesen anderen Baum in Narnia, von dem er abstammte. Manchmal rührte er sich geheimnisvoll, selbst wenn überhaupt kein Lüftchen wehte, und ich glaube, das geschah immer dann, wenn in Narnia ein Sturm blies. Dann bebte der Baum, weil im gleichen Augenblick der narnianische Baum vom Sturm gepeitscht wankte und schwankte. Aber wie dem auch sei – später zeigte sich, daß in seinem Holz noch immer ein Zauber ruhte. Denn als Digory schon ein berühmter, gebildeter Mann war, ein Professor, der viel auf Reisen ging, und ihm das alte Haus der Ketterleys gehörte, da tobte eines Tages ein schlimmer Sturm über den ganzen Süden Englands hinweg, und dieser Sturm entwurzelte den Baum. Digory brachte es nicht übers Herz, ihn einfach zu Feuerholz zu zersägen, also ließ er einen Schrank daraus bauen, den er in sein großes Haus auf dem Land stellte. Und obwohl er die Zauberkräfte des Schranks nicht selbst entdeckte, so tat es doch jemand anders. Das war der Anfang von dem ganzen Hin und Her zwischen Narnia und unserer Welt, worüber ihr in den anderen Narnia-Büchern nachlesen könnt.

Als Digory mit seiner Familie in das große Landhaus gezogen war, da hatten sie Onkel Andrew zu sich genommen. Digorys Vater sagte damals: »Wir müssen versuchen, den alten Knaben vor weiteren Schwierigkeiten zu bewahren. Außerdem ist es nicht gerecht, daß ihn die arme Letty ständig auf dem Hals haben soll.«

Bis zu seinem Tod versuchte Onkel Andrew nie mehr zu zaubern. Man hatte ihm seine Lektion erteilt, und im Alter wurde er angenehmer und weniger selbstsüchtig als jemals zuvor. Doch er freute sich immer, wenn er seine Besucher allein im Billardzimmer empfangen konnte. Dann erzählte er ihnen Geschichten von einer geheimnisvollen Dame, einer ausländischen Königin, mit der er durch London gefahren war. »Ein gräßliches Temperament hatte sie«, sagte er dann. »Aber ein verdammt schönes Weib war sie, ein verdammt schönes Weib.«

Inhalt